Leonardo Padura | Adiós Hemingway

Die
Kleine
Reihe

Leonardo Padura

Adiós Hemingway

Aus dem kubanischen Spanisch
von Hans-Joachim Hartstein

Büchergilde Gutenberg

Vorbemerkung

Im Herbst 1989, während ein Hurrikan Havanna verwüstete, löste der Teniente Mario Conde seinen letzten Fall als Ermittler der Kripozentrale. Danach reichte er seinen Abschied ein und beschloss, Schriftsteller zu werden. Das war an seinem sechsunddreißigsten Geburtstag. Von jenem letzten Abenteuer als Polizist erzählt der Roman *Das Meer der Illusionen*. Er schließt den Zyklus des »Havanna-Quartetts« ab, zu dem auch *Ein perfektes Leben, Handel der Gefühle* und *Labyrinth der Masken* gehören.

Ich war entschlossen, Mario Conde für eine Zeit lang sich selbst zu überlassen, und begann einen Roman zu schreiben, in dem der Teniente nicht auftauchte. Mitten in dieser Arbeit baten mich meine brasilianischen Verleger, eine Erzählung für ihre Serie *Literatur oder Tod* zu schreiben, bei der jeweils ein Schriftsteller im Mittelpunkt stand. Ich brauchte nicht lange, um mich für das Projekt zu begeistern. Und sogleich kam mir jener Schriftsteller in den Sinn, mit dem mich über Jahre hinweg eine heftige Hassliebe verbunden hatte: Ernest Hemingway. Ich suchte einen Weg, meine persönlichen Probleme mit dem Autor von *Fiesta* zu verarbeiten, doch mir fiel dabei nichts Besseres ein, als meine Obsessionen auf Mario Conde zu übertragen – so wie ich es schon oft getan hatte – und ihn wieder zur Hauptfigur zu machen.

Das Resultat der Beziehung zwischen dem Schriftsteller und Mario Conde ist der Roman *Adiós Hemingway*. Ja, dies ist ein Roman, und er muss als solcher gelesen werden. Viele der hier erzählten Begebenheiten gehören, auch wenn sie im Einklang mit den Tatsachen stehen, ins Reich der Fiktion und sind derart mit Erdachtem verwoben, dass ich heute nicht mehr zu sagen vermag, wo die Wahrheit endet und die Dichtung beginnt. Dennoch wurden einige der Personen umgetauft, um auf mögliche Empfindlichkeiten Rücksicht zu nehmen; andere dagegen haben ihren Namen behalten.

Zuletzt möchte ich mich bei all denen bedanken, die mich unterstützt haben. Zunächst bei Francisco Echevarría, Danilo Arrate, María Caridad Valdés Fernández und Belkis Cedeño, allesamt Mitglieder der Vereinigung kubanischer Hemingwayaner und Sachverständige des Museums *Finca Vigía.* Und natürlich auch bei meinen unentbehrlichen Lesern Alex Fleites, José Antonio Michelena, Vivian Lechuga, Stephen Clark, Elizardo Martínez sowie dem wirklichen, realen John Kirk.

Dieser Roman ist, wie die vorangegangenen und wohl auch alle, die noch folgen werden, Lucía gewidmet, mit Liebe und Untergründigkeit.

Leonardo Padura, Mantilla, Winter 2001

Die Toten hatten nicht immer heißes Wetter:
Sehr oft war es der Regen, der sie reinwusch,
wenn sie in ihm lagen, und der die Erde,
nachdem man sie darin begraben hatte,
aufweichte und der dann manchmal anhielt,
bis die Erde zu Schlamm wurde und sie herauswusch
und man sie von neuem begraben musste.

Ernest Hemingway, »Eine Naturgeschichte der Toten«

| Er spuckte, stieß den restlichen Rauch aus, der sich in seiner Lunge angesammelt hatte, und schnippte die winzige Zigarettenkippe ins Wasser. Das Brennen, das er auf der Haut spürte, hatte ihn in die Wirklichkeit zurückgeholt. Und jetzt, wieder von dieser Welt, kam er ins Grübeln. Wie kam es, dass er hier am Meer stand, bereit, eine Reise in die Vergangenheit anzutreten, deren Ausgang ungewiss war? Ihm wurde schlagartig klar: Auf viele der Fragen, die er sich von nun an stellen würde, gab es keine Antwort. Doch es beruhigte ihn der Gedanke, dass das auch für die zahllosen anderen Fragen galt, die er auf dem weiten, langen Weg seines Lebens mit sich herumgeschleppt hatte, bis er schließlich zur Überzeugung gelangt war, es sei besser, sich mit der brutalen Wahrheit abzufinden: Er musste es akzeptieren, mit mehr Fragezeichen als Gewissheiten zu leben. Vielleicht bin ich deshalb kein Polizist mehr, dachte er und schob sich die nächste Zigarette zwischen die Lippen.

Die angenehm sanfte Brise, die von der kleinen Bucht herüberwehte, wirkte in der Sommerhitze wie eine Wohltat. Doch Mario Conde stand an diesem kurzen, von uralten Kasuarinen beschatteten Abschnitt der Uferpromenade aus Motiven, die nichts mit Sonne und Hitze zu tun hatten. Er saß auf der Kaimauer, ließ die Beine über der Uferstraße baumeln und genoss das Gefühl, der Tyrannei der Zeit entronnen zu sein. Er hätte den Rest seines Lebens an diesem Ort verbringen, aufs friedliche Meer hinausschauen, sich den Erinnerungen hingeben, nachdenken und – wenn ihm irgendeine gute Idee kommen würde – sogar mit dem Schreiben beginnen können. Denn das Meer mit seinen Gerüchen und Geräuschen war sein persönliches Paradies, lieferte die ideale Szenerie für seinen Geist, seine Seele und seine unauslöschlichen Erinnerungen. Wie in der Fantasie eines zähen Schiffbrüchigen überdauerte in ihm schon seit Jahren die verführerische Vorstellung, eines Tages in einem Holzhaus am Meer zu leben, morgens mit Schreiben und nachmittags mit nichts als Angeln und Schwimmen seine Zeit zu verbringen. Auch wenn die herzlose Realität seit etlichen Jahren diesen Traum Lügen strafte, hielt El Conde unbeirrbar an dieser Fantasie fest. Anfangs hatte ihm das Traumbild so lebhaft, gestochen scharf, beinahe fotografisch genau vor Augen gestanden, doch inzwischen konnte er davon nur noch flimmernde Lichtreflexe erkennen, als wäre es ein Bild, das der Palette eines mittelmäßigen Impressionisten entsprungen war.

Deshalb ließ er schließlich davon ab, sich über die tieferen Gründe seines Tuns und Lassens am heutigen Nachmittag den Kopf zu zerbrechen. Er wusste nur, dass Körper und Geist danach verlangten, dass er wieder an die kleine Bucht von Cojímar zurückkehrte, die sich in seine Erinnerung eingegraben hatte, als wäre sie eine unverzichtbare Kulisse. Eigentlich hatte alles genauso angefangen, genau hier, mit dem Blick aufs Meer, unter diesen Kasuarinen, inmitten genau dieser ewigen Gerüche, an jenem Tag im Jahre 1960, als er Ernest Hemingway begegnet war. Das präzise Datum war ihm, wie so viele andere schöne Dinge des Lebens, entfallen. Er konnte nicht einmal mehr mit Gewissheit sagen, ob er damals noch fünf oder bereits sechs Jahre alt gewesen war. Es war die Zeit, als ihn sein Großvater Rufino El Conde immer an die interessantesten Orte mitnahm, zu den Hahnenkampfplätzen und in die Hafenkneipen, zu den Dominotischen und in die Baseballstadien, an seine Lieblingsorte also, wo der kleine Mario Conde vieles von dem lernte, was ein Mann lernen muss. An jenem Nachmittag, der bald unvergesslich werden sollte, waren sie in Guanabacoa gewesen, um sich Hahnenkämpfe anzuschauen und zu wetten. Wie fast immer hatte sein Großvater gewonnen und beschlossen, zur Krönung des Tages mit seinem Enkel nach Cojímar zu fahren, damit der Junge das Dorf und das (wie er behauptete) beste Eis von ganz Kuba kennenlernte, das der Chinese Casimiro Chon in alten Holzkübeln herstellte, immer aus frischem Obst.

Noch heute glaubte sich El Conde an den cremig-klebrigen Geschmack des Mamey-Eises zu erinnern und an seine Begeisterung über eine prachtvolle Fischerjacht mit schwarzem Rumpf und braunen Planken und zwei riesigen, in den Himmel ragenden Angelruten, die das Schiff wie ein schwimmendes Insekt aussehen ließen. Wenn Mario sich recht erinnerte, hatte er beobachtet, wie die Jacht sich gemächlich der Küste näherte, wobei sie den in der Bucht ankernden altersschwachen Fischerbooten geschickt auswich, um schließlich am Landeplatz festzumachen. Im nächsten Augenblick sprang ein sonnenverbrannter Mann mit nacktem Oberkörper von Bord auf den geteerten Landungssteg. Er fing das Tau auf, das ihm ein zweiter Mann, der eine schmutzig weiße Kapitänsmütze trug, von Deck aus zuwarf. Der Rotgesichtige zog die Jacht näher an den Steg heran und schlang das Tau mit einem perfekten Knoten um einen Poller. Vielleicht wollte Großvater Rufino seinen Enkel auf irgendetwas aufmerksam machen, doch dessen Augen hingen bereits gebannt an dem anderen Mann, dem mit der Kapitänsmütze, der außerdem eine runde Brille mit grünen Gläsern trug und einen dichten weißen Bart hatte. Der Junge sah ihm zu, wie nun auch er an Land sprang und mit dem sonnenverbrannten, rotgesichtigen Mann sprach. Sein Leben lang sollte El Conde der festen Überzeugung bleiben, dass er gesehen hatte, wie die beiden Männer sich die Hand gaben und eine Weile, die in der Erinnerung nicht genau zu bestimmen war, so dastanden und miteinander redeten, vielleicht eine Minute oder auch eine Stunde, aber ganz bestimmt Hand in Hand. Dann umarmte der bärtige alte Mann den anderen und ging über den Steg davon, ohne sich noch einmal umzublicken. Er hatte etwas von einem Weihnachtsmann, dieser bärtige und ein wenig schmuddelige Alte mit den großen Händen und Füßen, der sich jetzt mit festem Schritt, jedoch irgendwie traurig, entfernte. Vielleicht aber beruhte dieser Eindruck auch nur auf etwas Magischem, Unergründlichem, vielleicht war es gar ein Fingerzeig auf eine in ihm wohnende Sehnsucht, auf eine Zukunft, die sich der Junge nicht einmal vorzustellen vermochte.

Als der Mann mit dem weißen Bart die Steinstufen zur Uferpromenade hinaufging, sah Mario, wie er die Mütze abnahm und sie sich unter den Arm klemmte. Er zog einen kleinen Plastikkamm aus der Brusttasche und fing an, sich die Haare nach hinten zu kämmen, immer und immer wieder, als wäre es mit einem einzigen Mal nicht getan. Der Mann ging so nahe an ihnen vorbei, dass sein Geruch den Jungen streifte, eine Mischung aus Schweiß und Meer, Motorenöl und Fisch. Ein penetranter, ordinärer Körpergeruch.

»Das sieht gar nicht gut aus«, sagte der Großvater, und Mario wusste nicht und würde nie erfahren, ob sich die Bemerkung auf den Mann mit dem Bart oder aufs Wetter bezog. Denn an diesem Punkt seiner Erinnerung vermischten sich Erinnertes und später Gehörtes, der vorübergehende Mann und das ferne Grollen eines Donners.

Und deshalb pflegte El Conde die Rekonstruktion seiner einzigen Begegnung mit Ernest Hemingway hier abzubrechen.

»Das ist Cheminguey, der amerikanische Schriftsteller«, klärte der Großvater seinen Enkel auf, als der Mann außer Hörweite war. »Der hat auch Spaß an Hahnenkämpfen, weißt du …«

El Conde meinte sich zu erinnern, dass er diesen Satz gehört und gleichzeitig beobachtet hatte, wie der Schriftsteller in einen chromblitzenden schwarzen Chrysler stieg, der auf der anderen Straßenseite stand. Und durch das Autofenster winkte er, ohne die Brille mit den grünen Gläsern abzusetzen, genau in Marios Richtung, wie zum Abschied. Aber vielleicht zielte die Geste auch am Jungen vorbei, weiter bis zum Landungssteg mit der Jacht und dem sonnenverbrannten Mann, den er eben umarmt hatte, oder bis zu dem alten spanischen Wehrturm, dem *Torreón*, der dem Lauf der Jahrhunderte trotzte, oder vielleicht sogar bis zum fernen Golfstrom … Der Junge aber hatte den Gruß aufgeschnappt, und bevor der Wagen sich in Bewegung setzte, winkte er zurück und rief: »Adiós Cheminguey!«, und zur Antwort erhielt er das Lächeln des Mannes.

Etliche Jahre später, als Mario Conde das schmerzhafte Bedürfnis zu schreiben verspürte und nach literarischen Idolen Ausschau zu halten begann, erfuhr er, dass dies Hemingways letzte Fahrt über ein Stück Meer gewesen war, das er geliebt hatte wie kaum einen Ort auf der Welt. Da begriff er: Der amerikanische Schriftsteller hatte sich damals gewiss nicht von ihm, einem winzigen Insekt auf der Uferpromenade von Cojímar, verabschiedet, sondern in jenem Augenblick weit wichtigeren Dingen seines Lebens Lebewohl gesagt.

»Noch einen?«, fragte Manolo.

»Klar«, antwortete El Conde.

»Doppelt oder normal?«

»Wofür hältst du mich?«

»Hey, Pfeife, zwei doppelte Rum«, rief Teniente Palacios mit hochgerecktem Arm dem Mann hinter der Theke zu, der sich sogleich daranmachte, die Gläser zu füllen, ohne seine Pfeife aus dem Mund zu nehmen.

Das ›Torreón‹ war keine saubere und schon gar keine gut beleuchtete Bar. Doch hier gab es Rum, Stille und nur wenige Betrunkene. Vom Tisch aus konnte El Conde aufs Meer schauen und auf die verwitterten Steine des Wehrturms aus der Kolonialzeit, dem die Bar ihren bombastischen Namen verdankte.

Der Mann, Pfeife im Mund, kam gemächlich an ihren Tisch, stellte die randvollen Gläser vor sie hin, klemmte sich die leeren zwischen die Finger mit den schmutzigen Nägeln und sah Manolo drohend an.

»'ne Pfeife ist höchstens deine Mutter«, sagte er langsam. »Und so was soll 'n Bulle sein …«

»Komm, reg dich ab, Mann«, versuchte Manolo ihn zu beruhigen, »war doch nur ’n Scherz, Pfeife.«

Der Barmann setzte sein unfreundlichstes Gesicht auf und schlurfte von dannen. Schon Mario hatte er böse angeblitzt, als dieser ihn gefragt hatte, ob er einen »Papa Hemingway« haben könne, jenen Daiquirí, den der Schriftsteller immer getrunken hatte: einen doppelten Rum, Limonensaft, ein paar Spritzer Maraschino, viel zerstoßenes Eis und kein bisschen Zucker. »Als ich das letzte Mal Eis zu Gesicht gekriegt hab, da war ich noch Pinguin«, hatte der Barmann entgegnet.

»Und woher wusstest du, dass ich hier bin?«, fragte El Conde seinen ehemaligen Kollegen, nachdem er einen kräftigen Schluck getrunken hatte.

»Dafür bin ich schließlich Polizist, oder?«

»Klau nicht meine Sprüche, du!«

»Du brauchst sie ja nicht mehr, Conde … wo du doch jetzt kein Polizist mehr bist.« Der Ermittler Manuel Palacios grinste. »Egal. Also, ich kenn dich doch, und da hab ich mir gedacht, dass du hier rumhockst. Ich weiß nicht, wie oft du mir die Geschichte erzählt hast von dem Tag, an dem du Hemingway begegnet bist. Hat er dir nun tatsächlich zugewinkt, oder ist das frei erfunden?«

»Das musst du selbst rauskriegen, dafür bist du schließlich Polizist …«

»Mies drauf?«

»Weiß nicht … Eigentlich hab ich gar keine Lust, mich da reinzuhängen … aber dann wieder doch.«

»Pass auf, Conde, häng dich so lange rein, wie du willst, und wenn du nicht mehr willst, dann hörst du auf, ja? Hat sowieso nicht viel Sinn, nach vierzig Jahren ...«

»Ich weiß wirklich nicht, warum zum Teufel ich Ja gesagt hab ... Wenn ich erst mal anfange, kann ich nicht mehr aufhören, selbst wenn ich will.«

Nach dieser Selbstkritik trank El Conde das Glas mit einem zweiten Schluck leer. Acht Jahre ohne Kripozentrale sind eine lange Zeit. Er hätte nie gedacht, dass er so einfach wieder in ihren Schoß zurückkehren könnte. Neuerdings verbrachte er die freien Stunden, in denen er nicht schrieb oder zumindest zu schreiben versuchte, damit, in der Stadt herumzulaufen und alte Bücher zu suchen, mit denen er das Antiquariat seines Freundes versorgte. Auch wenn dabei nicht viel zu verdienen war – er war mit fünfzig Prozent am Gewinn beteiligt –, hatte Mario seinen Spaß dabei. Seine neue Tätigkeit hatte viele Vorteile. Er erfuhr persönliche und familiäre Geschichten, die manchmal hinter der Entscheidung steckten, sich von einer in drei oder vier Generationen zusammengetragenen Bibliothek zu trennen, und die Zeitspanne zwischen Kauf und Verkauf konnte er dazu nutzen, all das interessante Zeug zu lesen, das durch seine Hände ging.

Der wesentliche Nachteil seines Händlerdaseins war allerdings, dass ihn der Anblick alter, wertvoller Bücher, die durch Gleichgültigkeit oder Unwissenheit gelitten hatten und häufig nicht mehr zu retten waren, wie eine offene Wunde schmerzte. Oder wenn er sich entschloss, besonders faszinierende Exemplare in sein eigenes Regal zu stellen, anstatt sie in den Laden seines Freundes zu bringen. Eine gefährliche Nebenwirkung der unheilbaren Krankheit namens Bibliomanie.

An diesem Morgen jedoch hatte ihn sein ehemaliger Kollege Manuel Palacios angerufen und ihm die Geschichte der Leiche, die auf der Finca Vigía gefunden worden war, auf dem Silbertablett serviert. Als die Frage kam, ob er den Fall übernehmen wolle, da war es ihm gewesen, als hätte er den Ruf der Wildnis vernommen. Mit einem gequälten Blick auf das weiße leere Blatt, das in seine prähistorische Underwood eingespannt war, hatte er Ja gesagt, kaum dass er die ersten Einzelheiten des Falles erfahren hatte.

Das Sommergewitter hatte Marios Viertel kräftig durchgeschüttelt. Solche Attacken von Wasser, Wind, Blitz und Donner pflegen sich, im Gegensatz zu den Hurrikanen im Herbst, nicht anzukündigen. Irgendwann am Nachmittag vollführen sie irgendwo auf der Insel ihren rasenden Totentanz, zerstören Bananenplantagen, verstopfen Abwasserkanäle, aber richten nur selten größere Schäden an. Das Unwetter hatte seine Wut an der Finca Vigía ausgelassen, dem ehemaligen Wohnsitz von Ernest Hemingway und heutigen Museum in der Nähe von Havanna. Einige Dachziegel waren davongeflogen, der Strom war ausgefallen und ein Teil des Gartenzauns weggerissen worden. Vor allem jedoch hatte der Sturm einen uralten, todkranken Mangobaum gefällt, der sicherlich schon vor 1905, dem Jahr des Hausbaus, gepflanzt worden war. Und zusammen mit den Baumwurzeln waren die Knochen eines, wie die Spezialisten der Kripozentrale feststellten, etwa sechzigjährigen weißen Mannes mit beginnender Arthrose und einem alten, schlecht verheilten Bruch der Kniescheibe zum Vorschein gekommen, getötet zwischen 1957 und 1960 von zwei Kugeln, höchstwahrscheinlich aus einem Gewehr. Eine Kugel hatte das Brustbein sowie die Wirbelsäule zerschmettert. Die zweite war offenbar in den Bauch gedrungen und auf der Rückseite wieder ausgetreten, denn sie hatte eine hintere Rippe gebrochen.

Zwei Schüsse aus einer schweren Waffe, vermutlich aus nächster Nähe abgegeben, hatten den Tod jenes Mannes herbeigeführt, der jetzt nur noch ein Haufen angenagter Knochen in einem Plastiksack war.

»Weißt du, warum du Ja gesagt hast?«, fragte Manolo seinen früheren Kollegen mit einem amüsierten Grinsen, wobei das rechte Auge auf die Nasenscheidewand schielte. »Ein Arschloch ist und bleibt ein Arschloch, auch wenn er in die Kirche rennt und sogar zur Beichte geht. Und ein kaputter Typ, der einmal Polizist war, ist und bleibt Polizist. Darum, Conde.«

»Und warum erzählst du mir nicht was Interessantes, anstatt so 'n Stuss zu reden?«, gab Mario zurück. »Mit dem, was ich bis jetzt gehört hab, kann ich nicht mal ...«

»Weil es im Moment nichts zu erzählen gibt ... Und auch nicht geben wird, glaub ich. Das ist vierzig Jahre her, Conde.«

»Sag mir die Wahrheit, Manolo: Für wen ist der Fall von Interesse?«

»Willst du wirklich die Wahrheit wissen? Die reine Wahrheit? Zurzeit nur für dich, den Toten und Hemingway, und für sonst niemand. Also, mir ist die Sache völlig klar. Hemingway war ein äußerst reizbarer Mensch. Irgendwann ist ihm irgendjemand zu sehr auf den Zeiger gegangen, und da hat er ihm zwei Schüsse verpasst. Dann hat er die Leiche vergraben, und keiner hat danach gefragt. Später hat sich Hemingway eine Kugel in den

Kopf geschossen, und damit hatte sich die Sache. Ich hab dich angerufen, weil ich wusste, dass dich die Geschichte interessieren würde. Ich will 'ne Weile warten, bevor ich den Fall zu den Akten lege. Sobald er nämlich in den Akten liegt, besteht die Gefahr, dass was davon durchsickert, und dann geht die Story von der Leiche auf Hemingways Grundstück um die ganze Welt, da kannst du einen drauf lassen …«

»Und natürlich wird man annehmen, dass Hemingway der Mörder ist. Aber wenn er nicht der Mörder ist?«

»Genau das sollst du rauskriegen, wenn du kannst … Schau mal, Conde, ich steck bis hier in Arbeit.« Der Teniente hob die Hand bis zu den Augenbrauen. »Es wird von Tag zu Tag schlimmer. Diebstahl, Betrug, Raubüberfälle, Prostitution, Pornografie …«

»Schade, dass ich kein Bulle mehr bin. Ich liebe Pornografie.«

»Red keinen Scheiß, Conde! Pornografie mit Kindern!«

»Dieses Land ist verrückt geworden.«

»Der Satz stammt nicht von dir … Meinst du, ich hätte da noch Zeit, mich mit Hemingways Leben zu beschäftigen, um herauszufinden, ob er den Mann umgebracht hat oder nicht? Einer, der sich vor tausend Jahren selbst umgebracht hat?«

El Conde schaute lächelnd aufs Meer hinaus. »Weißt du was, Manolo? Ich würde liebend gerne feststellen, dass Hemingway der Täter war. Der Kerl geht mir nämlich schon seit Jahren mächtig auf den Sack. Andererseits könnte ich es nicht haben, dass man ihm einen Mord anhängt, den er nicht begangen hat. Deswegen werd ich mich darum kümmern … Hat man die

Stelle, an der die Leiche gefunden wurde, schon gründlich untersucht?«

»Nein, Crespo und El Greco gehen morgen hin. So was kann kein x-beliebiger Totengräber machen …«

»Und du, was hast du vor?«

»Ich werd mich um meinen eigenen Kram kümmern. In einer Woche, wenn du mir erzählst, was du weißt, werd ich den Fall abschließen und ihn so schnell wie möglich vergessen. Sollen doch andere in die Scheiße greifen …«

El Conde schaute wieder aufs Meer. Er wusste, dass der Teniente recht hatte. Trotzdem fühlte er eine seltsame Unruhe in sich. War ich vielleicht zu lange Polizist?, dachte er. Aber danach bin ich nur noch Schriftsteller, dachte er weiter. Er durfte seine großen Pläne nicht aus den Augen verlieren.

»Komm mal mit, ich will dir was zeigen«, sagte er zu seinem Freund und stand auf. Ohne auf Manolo zu warten, überquerte er die Straße und ging zu einem Rondell mit einer Art offenem Pavillon, unter dessen Bogen das Podest mit der Bronzebüste stand. Die letzten schwachen Sonnenstrahlen fielen schräg auf das mit Grünspan bedeckte, beinahe lächelnde Gesicht des dort verewigten Schriftstellers.

»Als ich mit dem Schreiben anfing, hab ich versucht, es so zu machen wie er«, sagte El Conde, den Blick auf die Skulptur gerichtet. »Er war sehr wichtig für mich.«

Von all den Huldigungen, Erinnerungen und Ausbeutungen, die der Name und die Person Hemingways in Kuba erfahren hatten, schien ihm nur diese Büste hier sinnvoll und aufrichtig zu sein, denn sie war schlicht wie die Sätze, die dem Schriftsteller in seiner letzten Zeit als Journalist beim *Kansas City Star* gelungen waren. Übertrieben und wenig literarisch dagegen fand er es, dass ein von ihm selbst ins Leben gerufenes Turnier im Schwertfisch-Angeln ihn überlebt hatte und nun auf ewig mit seinem Namen verbunden war. Falsch und geschmacklos – buchstäblich schlecht schmeckend – fand er auch jenen »Papa Doble«, den er einmal in der Bar ›Floridita‹ seinem armen, chronisch leeren Geldbeutel zugemutet hatte, um dann ein trübes Gesöff vorgesetzt zu bekommen, dem Hemingway – das sollte wohl die persönliche Note sein – das rettende Löffelchen Zucker verweigert hatte, das eine zusammengepanschte Plörre zu einem guten Cocktail veredeln kann. Mehr als trübe allerdings empfand er die geradezu beleidigende Idee, ein Luxushotel namens ›Marina Hemingway‹ an einem der Strände von Havanna hinzuklotzen, damit sich die Reichen und Schönen dieser Welt (aber ja kein zerlumpter Kubaner) an Jachten und Stränden erfreuen konnten, an guten Getränken und feinem Essen, an zu allem bereiten Huren und einer karibischen Sonne, die die Haut so reizvoll tönt. Selbst die Finca Vigía, das Hemingway-Museum, das er seit so vielen Jahren nicht mehr besucht hatte, kam ihm vor wie eine zu Lebzeiten kalkulierte Inszenierung für die Zeit nach dem Tod … Nur der verwitterte, öde kleine Platz in Cojímar mit der Bronzebüste sagte wirklich etwas aus. Es war nach seinem Tod weltweit die erste Ehrung gewesen, und keiner seiner Biografen erwähnte sie. Doch es war die einzige aufrichtige Huldigung, denn das Denkmal hatten die Fischer von Cojímar aus ihrer eigenen Tasche bezahlt. In ganz Havanna hatten sie die Bronze für die Skulptur zusammengesucht, und der Bildhauer hatte auf ein Honorar verzichtet. Jene Fischer, denen Hemingway in schlechten Zeiten den Fang aus günstigeren Gewässern überließ, denen er während der Verfilmung von *Der alte Mann und das Meer* Arbeit gab (und sie ordentlich bezahlte), mit denen zusammen er Bier und Rum trank (auf seine Rechnung) und denen er schweigend lauschte, wenn sie von riesigen Fischen erzählten, die sie in den warmen Gewässern des großen blauen Stromes gefangen hatten – jene Fischer empfanden, was niemand sonst auf der Welt empfinden konnte. Ihnen war ein Freund gestorben, ein Kamerad, und das war Hemingway weder für die Schriftsteller- noch für die Journalistenkollegen gewesen, nicht für die Toreros oder die Großwildjäger in Afrika, ja nicht einmal für die Spanienkämpfer oder für die französischen Widerstandskämpfer, an deren Spitze er nach Paris marschiert war, um die glückliche, feuchtfröhliche Befreiung des ›Ritz‹ von der Nazi-Herrschaft zu feiern. Vor diesem Bronzeklumpen verflog die spektakuläre Verlogenheit des Lebens von Ernest Hemingway, überwunden durch eine der wenigen Wahrheiten hinter seinem Mythos. El Conde bewunderte diesen Beweis der Freundschaft, nicht wegen des Schriftstellers, der ihn nicht mehr erlebt hatte, sondern wegen der Männer, die ihn erbracht hatten, wegen ihres aufrichtigen Gefühls, das eigentlich gar nicht mehr in diese Welt passte.

»Und weißt du, was das Schlimmste ist?«, fügte er hinzu. »Ich glaube, er ist es immer noch.«

Wenn Miss Mary an jenem Mittwochabend zu Hause gewesen wäre, hätten sie Gäste gehabt wie jeden Mittwoch, und er hätte nicht so viel Wein trinken können. Es wären bestimmt nicht sehr viele zum Abendessen geladen gewesen, denn in letzter Zeit zog er ein ruhiges Leben und das Gespräch mit ein paar Freunden den Alkoholexzessen vergangener Tage vor. Insbesondere seit seine Leber Alarm geschlagen hatte. Sauferei und Völlerei standen ganz oben auf der unaufhaltsam länger werdenden Schreckensliste von Verboten. Lediglich die Mittwochabendessen auf der Finca wurden beibehalten wie ein Ritual. Unter all ihren Bekannten bevorzugte Hemingway als Gesellschaft den Arzt Dr. Ferrer Machuca, seinen alten Freund aus dem Spanischen Bürgerkrieg, sowie die betörende Valerie, jene so junge und sanfte rothaarige Irin, die er, um sich nicht zu verlieben, zu seiner Sekretärin gemacht hatte, überzeugt davon, dass Arbeit und Liebe miteinander unvereinbar seien.

Seine Frau war überraschend in die Vereinigten Staaten gereist, um den Kauf eines Grundstücks in Ketchum voranzutreiben, und er war alleine auf der Finca zurückgeblieben. Wenigstens für ein paar Tage wollte er das Alleinsein genießen, jenes Gefühl, das so leicht bitter werden kann, wenn es sich mit dem Alter verbindet. Aber noch spürte er nichts dergleichen, jeden Morgen stand er mit der Sonne auf und arbeitete hart und konzentriert an seiner Schreibmaschine, stehend, wie in den besten Zeiten. Sein Tagespensum betrug mehr als dreihundert Wörter, obwohl es ihm immer schwieriger erschien, der Wahrheit in der spiegelglatten Geschichte, der er den Titel *Der Garten Eden* gegeben hatte, auf die Spur zu kommen. Diese Erzählung hatte er zehn Jahre zuvor als Kurzgeschichte begonnen, und jetzt drohte sie ins Unermessliche auszuufern. Er hatte sie sich nur deshalb wieder vorgenommen, weil er es nicht schaffte, die Überarbeitung von *Tod am Nachmittag* fortzuführen, auch wenn er das niemals zugegeben hätte. Für die geplante Neuausgabe musste er diesen Roman über Kunst und Philosophie des Stierkampfs grundlegend überarbeiten, aber er hatte das Gefühl gehabt, sein Gehirn arbeite zu langsam. An früher vertraute Einzelheiten konnte er sich oft nur mit Mühe erinnern, und manchmal musste er sogar grundlegende Dinge über den Stierkampf nachschlagen, um sie sich wieder vor Augen zu führen.

An jenem Mittwochmorgen des 2. Oktober 1958 hatte er es auf dreihundertsiebzig Wörter gebracht, und mittags war er geschwommen, allerdings ohne die Bahnen zu zählen, um sich nicht zu schämen wegen der lächerlichen Leistung im Vergleich zu der täglichen Meile, die er bis vor drei oder vier Jahren noch geschafft hatte. Nach dem Mittagessen hatte er sich vom Chauffeur nach Cojímar fahren lassen, um mit seinem alten Freund Ruperto zu sprechen, dem Kapitän der *Pilar*, und ihm von seiner Absicht zu erzählen, am darauf folgenden Wochenende in den Golf hinauszufahren. Außerdem wollte er seinem erschöpften Hirn eine Ruhepause gönnen. Gegen Abend dann fuhr er direkt nach Hause zurück, ohne seinem Verlangen nachzugeben und an der Theke des ›Floridita‹ haltzumachen, wo er sich nie mit einem einzigen Glas begnügen konnte.

Er aß mit großem Appetit zwei mit Zwiebelringen bedeckte Scheiben gegrillten Schwertfisch und einen großen Teller Gemüse, nur mit Zitronensaft angerichtet. Um neun bat er Raúl, den Tisch abzuräumen, die Fenster zu schließen und dann nach Hause zu gehen. Vorher jedoch sollte er ihm eine Flasche von dem in der Woche zuvor eingetroffenen Chianti heraufholen. Zum Essen hatte er einen leichten, blumigen Valdepeñas getrunken, und nun verlangte sein Gaumen nach dem trockenen, herben Geschmack des italienischen Weins.

Als er sich vom Tisch erhob, bemerkte er einen Schatten an der Tür. Es war Calixto, der seinen schwarzen Kopf ins Zimmer steckte. Ihn wunderte immer, dass der Kubaner, der der Ältere von ihnen beiden war und obendrein fünfzehn Jahre im Gefängnis gesessen hatte, noch kein einziges graues Haar hatte.

»Kann ich reinkommen, Ernesto?«, fragte der Mann, und Hemingway forderte ihn mit einer Handbewegung zum Eintreten auf. Calixto kam ein paar Schritte näher und sah ihn prüfend an. »Wie geht es dir heute?«

»Gut. Ich glaube, gut.« Er zeigte auf die leere Flasche, die auf dem Tisch stand.

»Das freut mich.«

Calixto war das Faktotum der Finca. Er half dem Gärtner, vertrat den Chauffeur, wenn dieser Urlaub machte, ging dem Schreiner zur Hand oder strich die Wände. Zurzeit war er auf Veranlassung von Miss Mary – wie sie von allen, sogar von ihrem Mann, genannt wurde – damit betraut, des Nachts die Finca zu bewachen und damit auch den Hausherrn, der auf dem großen Anwesen nicht alleine bleiben sollte. Wenn das nicht die Bestätigung dafür war, dass ihn alle als alten Mann betrachteten, was war es dann, verdammt noch mal? Er und Calixto kannten sich seit fast dreißig Jahren, seit der Zeit, als der

Schwarze bei Key West Alkohol geschmuggelt und an Joe Russell verkauft hatte. Oft hatte Hemingway mit ihm zusammen im ›Sloppy Joe's‹ oder in seinem Haus in Key West getrunken und den Geschichten des stämmigen Kubaners mit den unheimlich schwarzen Augen gelauscht, der während der Prohibition mehr als zweihundert Mal die Floridastraße überquert hatte, um kubanischen Rum in den Süden der Vereinigten Staaten zu bringen. Später hatten sie sich aus den Augen verloren, und als Hemingway anfing, nach Kuba zu fahren und Havannas Straßen zu durchstreifen, erfuhr er, dass Calixto im Gefängnis saß, weil er bei einer Schlägerei in einer Hafenkneipe einen Mann getötet hatte. 1947 wurde er freigelassen, und sie trafen sich zufällig vor dem ›Floridita‹. Als Calixto von seinen Problemen erzählte, bot Hemingway ihm Arbeit an, ohne so recht zu wissen, worin diese Arbeit bestehen sollte. Seither gehörte Calixto zur Finca und machte sich nützlich, wo er konnte, um den Lohn abzuarbeiten und die Schuld bei seinem Freund, dem Schriftsteller, zu begleichen.

»Ich hol mir 'n Kaffee, soll ich dir auch einen bringen?«, fragte Calixto und ging in die Küche.

»Nein, heute nicht. Ich bleib beim Wein.«

»Trink nicht zu viel, Ernesto«, rief der andere von nebenan.

»Ich trink schon nicht zu viel. Und verschon mich mit deinen Ratschlägen, du bekehrter Säufer!«

Calixto kam in den Salon zurück, Zigarette im Mund, und sagte grinsend zu seinem Chef: »Damals, in der guten alten Zeit in Key West, da hab ich dich immer unter den Tisch gesoffen, erinnerst du dich noch?«

»Daran erinnert sich kein Mensch mehr, und ich am allerwenigsten.«

»Also, ich verzieh mich dann mal mit meinem Kaffee«, verkündete der Schwarze. »Soll ich heute die Runde machen?«

»Nein, besser ich.«

»Seh ich dich später noch?«

»Ja, später.«

Wäre Miss Mary zu Hause gewesen, hätte er nach dem Essen und der Unterhaltung in irgendeinem Buch gelesen – vielleicht in der argentinischen Ausgabe von *Die Leber und ihre Krankheiten* von einem gewissen H. P. Himsworth, der seine Leberleiden und die verheerenden Folgen so schonungslos beschrieb – und dabei das erlaubte Glas Wein getrunken, normalerweise von dem Tischwein, der übrig geblieben war. Miss Mary hätte mit Ferrer und Valerie Canasta gespielt. Und aus seiner stillen Ecke heraus hätte er sich am Anblick der jungen Frau geweidet. Nun hatte Miss Mary sie unter dem Vorwand, sie brauche ihre Hilfe bei Behördengängen und Bankgesprächen in New York, wohlweislich mit auf die Reise genommen. Ein alter Löwe ist schließlich immer noch ein Löwe. Den Wein austrinken, ein paar Seiten lesen – er wäre nicht mehr lange aufgeblieben. Bald schon hätte er Ferrer, Valerie und Miss Mary eine gute Nacht gewünscht. Jeder wusste es: Um elf ging er zu Bett, egal, ob er noch seine Runde um die Finca machte oder nicht. All diese Routine, die ewig gleichen Gewohnheiten, der fest gefügte Tagesablauf, das war für ihn das sicherste Zeichen fürs Älterwerden. Doch er tröstete sich mit dem Gefühl seiner Verantwortung für die Literatur darüber hinweg, ein ganz neues Gefühl.

Seit den fernen Pariser Jahren hatte er es nicht mehr gehabt, seit den Zeiten, als er nicht wusste, wer seine Bücher verlegen, und noch weniger, wer sie lesen würde, als er um jedes Wort rang, als ginge es um sein Leben.

»Hier, der Wein, Papa.«

»Danke, mein Sohn.«

Raúl stellte die entkorkte Flasche und das geschliffene, saubere Glas auf die kleine Hausbar neben dem Sessel. Obwohl Raúl seit 1941, als der Schriftsteller sich mit seiner dritten Frau hier niedergelassen hatte, in seinen Diensten stand, hätte er sich nie eine Bemerkung über den Weinkonsum seines Arbeitgebers erlaubt. Und genauso wenig hätte er sich bei Miss Mary verplappert, darauf konnte Hemingway sich verlassen. Raúl war ihm ebenso treu ergeben wie Calixto, doch seine wortlose, zurückhaltende Ergebenheit hatte etwas Hündisches. Von allen Angestellten war er ihm der Liebste, und er war der Einzige, der ihn auf eine Weise »Papa« nannte, als wäre er wirklich sein Vater.

»Wollen Sie wirklich wieder alleine bleiben, Papa?«

»Ja, Raúl, mach dir um mich keine Sorgen. Haben die Katzen ihr Fressen bekommen?«

»Ja. Dolores hat ihnen Fisch gegeben, und ich hab die Hunde gefüttert. Black Dog wollte nicht fressen, er ist irgendwie unruhig. Eben war er hinten im Garten und hat die ganze Zeit gebellt. Ich bin bis zum Swimmingpool gegangen, hab aber niemand gesehen.«

»Ich werd ihm was geben. Bei mir frisst er immer.«

»Das stimmt, Papa.«

Raúl Villaroy nahm die Flasche und goss das Glas halb voll. Papa hatte ihm beigebracht, dass man die Flasche ein paar Minuten geöffnet stehen lassen muss, bevor man einschenkt, damit der Wein atmen kann und sich setzt.

»Wer macht heute die Runde?«

»Ich. Hab's Calixto schon gesagt.«

»Möchten Sie wirklich, dass ich nach Hause gehe und Sie alleine lasse?«

»Ja, Raúl, es ist alles in Ordnung. Wenn ich was brauche, rufe ich dich.«

»Das müssen Sie mir aber versprechen! Ich werd später trotzdem noch mal die Runde machen.«

»Du bist schon genauso schlimm wie Miss Mary … Geh ruhig, noch bin ich kein hilfloser Greis.«

»Das weiß ich doch, Papa. Also, schlafen Sie gut. Morgen bin ich um sechs hier, fürs Frühstück.«

»Und Dolores? Warum macht sie nicht das Frühstück, wie sonst auch?«

»Wenn Miss Mary nicht hier ist, ist das meine Aufgabe.«

»Na schön. Gute Nacht, Raúl.«

»Gute Nacht, Papa. Ist der Wein gut?«

»Ausgezeichnet.«

»Das freut mich. Ich geh jetzt, Papa. Gute Nacht.«

»Gute Nacht, mein Sohn.«

Der Chianti war tatsächlich ausgezeichnet. Er war ein Geschenk von Adriana Ivancich, der kleinen venezianischen Gräfin, in die er sich vor einigen Jahren verliebt und die er zur Renata in *Über den Fluss und in die Wälder* gemacht hatte. Der junge

Wein erinnerte ihn an den Geschmack ihrer Lippen, was ihm wohl tat und sein schlechtes Gewissen wegen des übermäßigen Alkoholgenusses besänftigte.

Wenn Sie noch etwas leben wollen: kein Alkohol, keine Abenteuer! Dr. Ferrer und die anderen Ärzte hatten ihn gewarnt. Der Blutdruck war zu niedrig, der Cholesterinspiegel zu hoch, die beginnende Diabetes konnte sich verschlimmern, Leber und Nieren hatten sich nicht von den Flugzeugabstürzen in Afrika erholt, und sein Seh- und Hörvermögen würden noch schwächer werden, falls er sich nicht schonte. Ein Sack voller Krankheiten und Verbote, mehr war bald nicht von ihm übrig. Und die Stierkämpfe? Ja, aber ohne den Alkohol. Er musste unbedingt zurück in den Ring, zurück in die Stierkampfarenen, musste wieder diese Atmosphäre schnuppern, um die stockende Überarbeitung von *Tod am Nachmittag* abschließen zu können.

Er leerte das Glas und goss sich ein zweites ein. Das leise Plätschern des Rotweins rief eine verschüttete Erinnerung in ihm wach. Es musste irgendetwas mit einem seiner Liebesabenteuer zu tun haben. Was war das noch, verdammt? Und er sah sich mit einer beklemmenden Wahrheit konfrontiert, einer Frage, die über ihm schwebte, an die er aber nicht zu denken wagte: Wenn er weder neue Abenteuer haben noch sich an seine alten erinnern konnte, worüber sollte er dann schreiben?

Seine Biografen und Kritiker erzählten so gerne über seine Vorliebe für die Gefahr, für den Krieg, für Extremsituationen – für jede Form von Abenteuer. Die einen sahen in ihm einen zum Schriftsteller gewordenen Mann der Tat, die anderen einen schriftstellernden Hanswurst auf der Suche nach exotischen

Schauplätzen und dem Kitzel der Gefahr. Alle jedoch hatten, durch Elogen wie durch Kritik, dazu beigetragen, seine Biografie zu mystifizieren, wobei sie sich allesamt einig waren, dass er sich diesen Mythos durch seine Aktionen auf dem halben Erdball selbst zurechtgebastelt hatte. Die Wahrheit aber war, wie stets, komplizierter und erschreckender. Ohne meine Biografie wäre ich kein Schriftsteller geworden, dachte er und betrachtete den Wein im Gegenlicht. Seine Fantasie war schon immer dürftig und dabei verfälschend gewesen, das wusste er. Er musste über Dinge schreiben, die er in seinem Leben selbst gesehen und erlebt hatte, nur so war es ihm möglich, so wahrhaftige Werke zu schaffen, wie er es von sich selbst verlangte. Ohne das Bohemeleben in Paris und die Stierkämpfe in Spanien hätte er *Fiesta* nicht geschrieben. Ohne die Verwundungen in Fossalta, das Hospital in Mailand und seine leidenschaftliche Liebe zu Agnes von Kurowsky hätte er sich niemals *In einem anderen Land* ausdenken können. Ohne die Safari von 1934 und den bitteren Geschmack der Angst angesichts des Todeskampfes eines verwundeten Büffels hätte er nicht *Die grünen Hügel Afrikas* schreiben können, auch nicht zwei seiner besten Erzählungen, *Das kurze glückliche Leben des Francis Macomber* und *Schnee auf dem Kilimandscharo.* Ohne Key West, die *Pilar*, das ›Sloppy Joe's‹ und den Alkoholschmuggel hätte *Haben und Nichthaben* nie das Licht der Welt erblickt. Ohne den Spanischen Bürgerkrieg und die Bombenangriffe und die gewissenlose Martha Gellhorn hätte er *Die fünfte Kolonne* und *Wem die Stunde schlägt* nie geschrieben. Ohne den Zweiten Weltkrieg und ohne Adriana Ivancich würde es *Über den Fluss und in die Wälder* nicht geben. Ohne die vielen Tage, die er im

Golf verbracht, ohne die riesigen Schwertfische, die er selbst gefangen, ohne die Geschichten von den anderen riesigen Schwertfischen, die er von den Fischern in Cojímar gehört hatte, wäre *Der alte Mann und das Meer* niemals entstanden. Ohne die »Gaunerfabrik«, seine Saufkumpane, die ihn auf der Jagd nach U-Booten der Nazis begleitet hatten, ohne die Finca Vigía und ohne das ›Floridita‹ mit seinen Gelagen und seinen Stammgästen hätte er *Inseln im Strom* nicht geschrieben. Und *Paris – ein Fest fürs Leben*? Und *Tod am Nachmittag*? Und die *Nick Adams Stories*? Und jetzt *Der Garten Eden*, der Roman, der nicht so recht in Fluss kommen wollte, wie es hätte sein müssen, der sich in die Länge zog und sich verlor? … Er musste sich ins Leben stürzen, um sich in die Literatur stürzen zu können, er musste kämpfen, töten, angeln, musste leben, um schreiben zu können.

»Nein, verdammt, ich hab mir keine Biografie erfunden«, sagte er mit lauter Stimme, und diese Stimme inmitten der tiefen Stille gefiel ihm nicht. Er trank das Glas bis auf den letzten Tropfen leer.

Die Chiantiflasche unterm Arm und das Glas in der Hand, ging er zum Fenster und sah in den Garten und in die Nacht hinaus. Er strengte seine Augen an, bis sie ihm fast wehtaten, er wollte die Dunkelheit durchdringen wie die afrikanischen Raubkatzen. Es musste doch mehr geben als all dieses Vorhersehbare, all diese Routine! Irgendetwas, das den letzten Jahren seines Lebens irgendeinen Reiz verleihen konnte. Das Grauen der Verbote und Medikamente, der Vergesslichkeit und der Ermüdung, der Schmerzen und des Alltagstrotts, das konnte doch nicht alles sein! Wenn das alles war, dann hätte das Leben ihn vernichtet, ihn zerstört, ausgerechnet ihn, der immer verkündet hatte, ein Mann könne vom Leben aufgerieben, aber niemals besiegt werden. Alles nur Scheiße. Rhetorik und Lüge, dachte er und goss sich erneut Wein ins Glas. Er musste trinken. Es drohte eine schlimme Nacht zu werden.

Wäre aber Miss Mary zu Hause gewesen, dann hätte jene Nacht vielleicht nicht das Ende seines Lebens eingeläutet.

Über dem alten Holztor hing ein dreckiges Schild mit verblasster Schrift:

WEGEN INVENTUR GESCHLOSSEN
WIR BITTEN UM ENTSCHULDIGUNG

Wo zum Teufel mögen sie das herhaben?, fragte sich El Conde. Auch das zweite Schild, das Hemingway über eben dieses Tor der Finca Vigía hatte anbringen lassen, irritierte ihn: UNINVITED VISITORS WILL NOT BE RECEIVED, stand da abweisend, auf Englisch, so als könnten nur aus der englischsprachigen Welt unerwünschte Besucher diesen verlassenen Ort außerhalb Havannas aufsuchen wollen. Und die anderen? Was waren die denn dann? Ungeziefer? El Conde stieß einen der beiden Torflügel der zu einem Museum gewordenen Finca Vigía auf, wo ihn ein Mangobaum und mehrere Palmen empfingen, die zweifellos älter waren als die Finca. Er ging zum Haus, in dem der Schriftsteller samt seinem Ruhm die meiste Zeit gelebt hatte.

Hier waren einige der berühmtesten Männer und einige der schönsten Frauen des Jahrhunderts zu Gast gewesen.

Kaum hatte Mario den Fuß auf diesen zutiefst literarischen Boden gesetzt, beschlich ihn das Gefühl, das Allerheiligste seiner Erinnerung zu betreten, das er lieber verschlossen gehalten und der Obhut eines wohlwollenden, diskreten Gedächtnisses überlassen hätte. Mehr als zwanzig Jahre hatte er diesen Ort nun nicht mehr besucht, zu dem er damals – stets ohne eingeladen zu sein, also unerwünscht – Dutzende von Malen gepilgert war. Das war in jenen Jugendjahren gewesen, als er davon zu träumen begann, ebenfalls Schriftsteller zu werden. Der Mythos des alten Leoparden mit seinen Geschichten vom Krieg und von der Jagd, seinen messerscharfen Erzählungen und lebensprallen Romanen, mit seinen scheinbar so schlichten und gleichzeitig tiefsinnigen Dialogen – es gab kein besseres Vorbild für das, was Literatur sein konnte und wie ein Mann sein musste, der mit jeder Faser für die Literatur lebte. Mario hatte jedes seiner Bücher gelesen, mehr als einmal sogar, und um den Geist des berühmten Mannes zwischen den kleinen und großen Trophäen, mit denen er sich im Laufe der Jahre umgeben hatte, einzufangen, hatte er oft genug durch die Fenster in das herrschaftliche Haus gesehen, das kurz nach dem Tod seines Besitzers in ein Museum umgewandelt worden war.

Von all den Ausflügen zu Hemingways Anwesen in jenen Jahren, die in der Rückschau glücklicher schienen, als sie in Wirklichkeit gewesen waren, konnte er sich an einen, den er mit seinen Schulfreunden unternommen hatte, besonders schmerzhaft erinnern. Noch immer waren ihm die Einzelheiten gegenwärtig. Es war an einem Samstagmorgen gewesen, sie hatten sich an der Außentreppe des Gymnasiums verabredet: der dünne Carlos, der damals noch dünn war; Dulcita, die Freundin des Dünnen; Andrés, der ein guter Baseballspieler war und bereits davon träumte, Arzt zu werden, aber noch nicht an die Möglichkeit dachte, aus Kuba fortzugehen; der Hasenzahn mit seiner fixen Idee, die Geschichte umzuschreiben; der rote Candito mit seinem imposanten Afrolook und zwei Literflaschen Rum, die er in weiser Voraussicht in seinen Rucksack gepackt hatte; und die schöne Tamara, so schön, dass es wehtat, Tamara, die bereits damals die Liebe seines Lebens (und seines Todes) gewesen war. Seine alten und besten Freunde bildeten den Hofstaat des Schriftstellerlehrlings auf jener Pilgerfahrt, und noch heute genoss er diese Erinnerungen: Tamaras Erstaunen angesichts der Schönheit des Ortes, Andrés' Freude über die Aussicht auf Havanna, die man vom Turm aus hatte, den Ärger vom Hasenzahn wegen der vielen Jagdtrophäen an den Wänden und das ungläubige Staunen des roten Candito über das Rätsel, wie ein einziger Mensch »so viel Haus« bewohnen könne. Mario erinnerte sich, amüsiert und traurig zugleich, auch an das keineswegs rätselhafte Verschwinden von Carlos und Dulcita, die eine halbe Stunde nach ihrer Entfernung von der Truppe selig lächelnd aus einem Gebüsch hervorgekrochen kamen, nachdem sie das getan hatten, was sie als die wichtigste Mission ihres Lebens ansahen: zu vögeln, wann und wo immer sich eine Gelegenheit dafür bot. Es war ein wunderschöner Morgen. Mario, der großspurige und umfassend informierte Bewunderer des Schriftstellers, versammelte seine Freunde um den Swimmingpool, und während die beiden Rumflaschen von Mund zu Mund wanderten, las er ihnen die vollständige Fassung von *Großer doppelherziger Strom* vor, seiner Lieblingserzählung von Hemingway.

Auf dem vom dichten Blattwerk der Palmen, Ceibas, Kasuarinen und Mangobäume beschatteten Weg überfiel El Conde der Schmerz darüber, wie unerbittlich der Gang des Lebens all das hatte abtöten können. Die bittersüßen Erinnerungen konnte er aber erst verscheuchen, als er das weiße Gebäude und den Turm erblickte, den Mary Hemingway hatte erbauen lassen, damit ihr Mann dort schreiben konnte, und der dann den siebenundfünfzig auf der Finca lebenden Katzen als Höhle gedient hatte. Links, hinter dem niedriger gelegenen Teil mit dem Swimmingpool, wurden die Umrisse der *Pilar* sichtbar, die mehr als dreißig Jahre zuvor für immer vor Anker gegangen und zu einem Museumsstück geworden war. Die vielen Türen und Fenster waren allesamt verschlossen, keine Touristen und Neugierigen oder angehenden Schriftsteller wollten einen Blick in das zum Denkmal erstarrte Privatissimum ihres Vorbildes werfen, das Haus kam El Conde wie ein weißes Phantom aus dem Totenreich vor. Er sah nur kurz hin und ging über den schmalen Asphaltweg weiter zu dem höher gelegenen Teil des Anwesens. Stimmen drangen zu ihm herüber, begleitet von den arhythmischen Schlägen von Schaufel und Spitzhacke.

Als Erstes sah er die Wurzeln des gefällten Mangobaums. Widerborstig und aggressiv, wie die Haare der Medusa, schrien sie ihr Leid in den unerreichbar fernen Himmel, aus dem der Tod sie getroffen hatte, wodurch ein weiterer Tod entdeckt worden war. Direkt dahinter sah er in einem bereits mehrere Meter breiten und langen Graben die Köpfe dreier Männer, die eine Hacke und zwei Schaufeln schwangen. Erde flog auf einen kleinen dunklen Hügel, der einen Brunnen zu verschütten drohte, aus dem seit tausend Jahren kein Wasser mehr gesprudelt war. El Conde näherte sich auf leisen Sohlen und erkannte zwei seiner ehemaligen Kollegen, Crespo und El Greco, die, in ein lebhaftes Gespräch vertieft, mit den Schaufeln hantierten, während ein ihm unbekannter Dritter die Spitzhacke ins Erdreich schlug.

»Als ich euch das letzte Mal gesehen habe, habt ihr auch in so einem Loch gestanden«, sagte El Conde.

Die beiden Männer sahen zu ihm auf, überrascht, seine Stimme zu hören.

»Ich glaub's nicht!«, rief El Greco und ließ seine Schaufel fallen. »Wen haben wir denn da?« Der Mann mit der Hacke hatte ebenfalls seine Arbeit unterbrochen und musterte den Neuankömmling, dem sich seine beiden Kollegen zugewandt hatten.

»Erzähl mir nicht, dass du wieder bei uns bist«, fragte Crespo verwundert und unternahm einen Versuch, aus der Grube zu klettern. Für sie waren die Jahre genauso schnell vergangen wie für Mario Conde. Sie waren jetzt in den Vierzigern, trugen Bauch und hätten lieber am Strand in der Sonne gelegen.

»Ich bin doch nicht verrückt«, erwiderte El Conde. Er reichte den beiden nacheinander die Hand, um ihnen den Aufstieg zu erleichtern.

»Wie viele Jahre ist das jetzt her, Conde?« El Greco sah Mario an, als gehöre der auch zu den Museumsstücken.

»Einige. Zähl sie lieber nicht.«

»Schön, dich zu sehen, Mann! Manolo hat uns gesagt …«

»Und wer ist das da in dem Loch?«, fragte El Conde.

»Cabo Fleites.«

»So alt und immer noch Cabo?«

»Er hinkt und ist kurzsichtig, stell dir das mal vor … Und er schreibt Gedichte. Aber saufen tut er, mein lieber Dicker, mein Vater …«

»Dann hat er ja noch Glück gehabt, dass er überhaupt Cabo geworden ist«, bemerkte El Conde und winkte dem Mann in der Grube zu. Wenn der wirklich so gerne einen zur Brust nimmt, wie Crespo sagt, dann ist dieser Cabo Fleites einer von uns, gewissermaßen mein Leidensgenosse, dachte er. »Und? Schon was gefunden?«

»'n Scheiß haben wir gefunden«, schimpfte Crespo.

»War doch deine famose Idee, in der Erde rumzubuddeln!«, schnauzte ihn sein Kollege an.

»Nun mal langsam. Das hat sich dein Chef ausgedacht. Mich fragt doch keiner …«

»Manolito also …«, stellte El Conde fest, »'n Scheißchef habt ihr da … Sagt mir die Wahrheit: Wer ist besser als Chef, Manolo oder ich?«

Crespo und El Greco sahen sich an. Sie zögerten mit der Antwort. Schließlich sagte Crespo: »Kein Thema, Conde. Verglichen mit dir ist Manolo 'n Schatz.« Die beiden lachten.

»Undankbares Pack …«, murmelte ihr ehemaliger Vorgesetzter.

»Hör mal, Conde, du bist doch so schlau und außerdem so was Ähnliches wie 'n Schriftsteller …« El Greco legte ihm eine lehmverschmierte Hand auf die Schulter und schaute feixend zu Fleites hinunter. »Der da sagt, Cheminguey hat seiner Frau einmal in den Hintern getreten, weil sie 'n Strauch abgehackt hat. Stimmt das?«

»Nicht einmal, zweimal! Und außerdem hat er ihr noch 'ne Ohrfeige verpasst.«

Cabo Fleites grinste stolz aus seiner Grube heraus.

»Der Typ war doch bescheuert«, urteilte Crespo.

»Ja, aber so bescheuert nun auch wieder nicht«, entgegnete El Greco. »Hab mal gelesen, dass es einer Ehe gut tut, wenn man der Frau ab und zu in den Hintern tritt. Dient der Ehehygiene.«

»Dafür muss man nicht unbedingt lesen können«, bemerkte Crespo.

»Also, hier gibt's nichts zu finden?«, fragte El Conde, um der tiefsinnigen Diskussion ein Ende zu setzen.

»Die Knochen haben die ja alle schon rausgeholt, dazu 'n paar Stofffetzen und das, was von den Schuhen übrig geblieben ist. Jetzt gibt's hier nur noch Steine und Wurzeln.«

»Da muss aber noch mehr sein. Hab so ein Gefühl. Hier, hier fühl ich's.« El Conde tippte sich auf die linke Brustseite, dorthin, wo das Gefühl wehtat. »Also, grabt weiter! Bis irgendwas auftaucht ...«

»Und wenn nichts auftaucht?«, dröhnte die Stimme von Cabo Fleites aus den Tiefen der Grube.

»Die Finca ist groß«, lautete die Antwort. »Irgendwas werdet ihr sicher finden ... Ich werd inzwischen mal mit dem Museumsleiter reden, er muss mich ins Haus lassen. Übrigens, wo habt ihr das Schild her, das draußen überm Tor hängt?«

»Von der Pizzeria im Dorf«, sagte El Greco. »Ist aber nur geliehen.«

»Also, wir sehn uns. Sagt Bescheid, wenn ihr mit dem Graben fertig seid.« Mario entfernte sich.

»Hör mal, Conde«, rief Crespo ihm hinterher, »vielleicht wär's besser, du schreibst Gedichte und lässt uns in Ruhe, was meinst du?«

Mario lächelte und ging auf die ehemalige Garage der Finca zu, in der jetzt die Büros der Museumsleitung untergebracht waren. Der Direktor stellte sich mit »Juan Tenorio« vor. Er war etwas jünger als Mario, sehr hässlich, liebenswürdig und geschwätzig. El Conde versuchte vergeblich, seinen Redeschwall zu unterbinden. Tenorio wollte unter Beweis stellen, dass er ein fähiger Museumsdirektor war und bestens über Hemingway und die Finca Vigía Bescheid wusste. Beflissen bot er sich dem Besucher als Fremdenführer an, doch El Conde lehnte sein Angebot so höflich wie möglich, aber bestimmt ab. Nein, dieser Besuch, sein erster im Innern des Wohnhauses, ging nur Hemingway und ihn etwas an, war sozusagen ihre ganz persönliche Auseinandersetzung, der er sich in aller Ruhe und ohne Zeugen stellen musste.

»Jetzt ist es zehn Uhr. Bis wann kann ich mich im Haus aufhalten?«, fragte El Conde, nachdem Tenorio ihm den Schlüssel ausgehändigt hatte.

»Wir machen um vier Schluss. Aber falls Sie …«

»Nein, um vier bin ich wieder draußen. Und sorgen Sie dafür, dass ich nicht gestört werde. Vielen Dank.« Und damit wandte er dem Museumsdirektor den Rücken zu.

Er stieg die sechs Stufen hinauf, die den Asphaltweg von der Grünfläche trennten, auf der das Haus stand, und atmete tief durch. Auch die sechs Schritte zum Haupteingang brachte er tapfer hinter sich, steckte den Schlüssel ins Schlüsselloch und öffnete die Tür. In dem Moment, als er den Fuß über die Schwelle setzte, wurde ihm klar, dass es kein Zurück mehr geben würde, wenn er den anderen Fuß nachzog.

Er streckte die Hand nach dem Schalter aus und knipste das Licht im Salon an. Vor seinen Augen erstand das gespenstisch erstarrte Bild eines Hauses, in dem Menschen gelebt, geschlafen, gegessen, geliebt und gelitten hatten. Doch nicht nur weil dieser Ort zu einem Museum geworden war, herrschte hier eine zutiefst irreale Atmosphäre. Das Haus der Finca Vigía war immer schon eine Art Tempel gewesen, Teil einer Inszenierung, die mehr dem illustren Schriftsteller als dem Menschen Hemingway gegolten hatte. Zum Beispiel fand El Conde es ziemlich beschämend, dass hier die Tausende von Büchern und Dutzende von Gemälden und Zeichnungen fast untergingen im Wettstreit mit all den Gewehren, Kugeln, Lanzen und Messern sowie den starren, ausgestopften, anklagenden Köpfen der Jagdtrophäen, Opfer der Heldentaten des Schriftstellers, seiner bloßen Lust am Töten, des künstlichen Kitzels der Gefahr.

Die meisten Bilder waren aus dem Haus verschwunden. Mary Welsh hatte sie mitgenommen, als sie Kuba verließ. Es fehlten auch einige Dokumente und Briefe, es hieß, die Witwe habe sie bei ihrem letzten Besuch auf der Finca kurz nach dem Tod des Schriftstellers verbrannt. Und es fehlten die Menschen, die das Haus hätten zum Leben erwecken können: der Hausherr selbst und seine Frau, die Dienerschaft, die Gäste, die regelmäßigen und diejenigen, die bei besonderen Anlässen zu Besuch kamen. Dazu der eine oder andere Journalist, dem es gelungen war, die Barriere der *uninvited visitors* zu durchbrechen und ein paar Minuten für ein Gespräch mit dem Gott der nordamerikanischen Literatur gewährt zu bekommen. Vor allem aber fehlten Licht und Luft. El Conde ging durchs Haus und öffnete nacheinander alle Fenster, angefangen im Salon bis hin zu Küche und Badezimmer. Das helle Licht und die warme Morgenluft taten dem Haus gut, der Duft von Blumen und Erde durchdrang die Zimmer. Erst jetzt begann Mario sich zu fragen, was er hier eigentlich suchte. Bestimmt nichts, was über die Identität der draußen gefundenen Leiche oder die des Mörders hätte Aufschluss geben können, das war ihm klar. Nein, er suchte etwas Entfernteres, weniger Fassbares. Etwas, dem er früher schon mal auf der Spur gewesen war und das zu suchen er vor einigen Jahren aufgegeben hatte: die Wahrheit – oder auch die wahre Lüge – eines Mannes namens Ernest Miller Hemingway.

Gleich zu Beginn der schwierigen Ermittlung beging El Conde ein museografisches Sakrileg: Er zog die Schuhe aus und schlüpfte in die alten Mokassins des Schriftstellers, die ihm um einige Nummern zu groß waren. Schlurfenden Schrittes ging er zurück in den Salon, zündete sich eine Zigarette an und machte es sich in dem Lehnstuhl des Mannes bequem, der sich »Papa« hatte nennen lassen. Dass er diese Akte der Entweihung so genüsslich zelebrierte, überraschte ihn selbst am meisten. Sein Blick wanderte über die Gemälde mit den Stierkampfszenen. Ihm schoss durch den Kopf, wie seine leidenschaftliche Liebe zu dem Schriftsteller geendet hatte, als er Einzelheiten über das Ende der Freundschaft zwischen Hemingway und Dos Passos erfuhr. Aber im Grunde hatte seine Verehrung für Hemingway schon viel früher einen Dämpfer erhalten, als sich das literarische Idol nach und nach als ein selbstgefälliger, gewalttätiger Mensch erwies, der unfähig war, jenen, die ihm mit Liebe begegneten, Liebe zurückzugeben. Die Distanz zu Hemingway war gewachsen, als Mario klar wurde, dass der Schriftsteller auch nach zwanzig Jahren in Kuba keinen blassen Schimmer von der Insel hatte; als er der schmerzhaften Wahrheit ins Auge sehen musste, dass der geniale Künstler ein verachtenswerter Mensch war, der alle verriet, die ihm geholfen hatten, angefangen bei Sherwood Anderson bis hin zu dem »armen« Scott Fitzgerald. Doch das Fass kam zum Überlaufen, als er erfuhr, wie grausam und zynisch Hemingway mit seinem ehemaligen Freund und Kameraden John Dos Passos während des Spanischen Bürgerkriegs umgegangen war. Als Dos Passos darauf bestand, die Wahrheit über den Tod seines spanischen Freundes José Robles herauszufinden, sagte Hemingway ihm während einer öffentlichen Versammlung frech ins Gesicht, man habe Robles als Spion und Verräter an der republikanischen Sache erschossen. Der Gipfel der Heimtücke war, dass er Robles als Modell für den Verräter in *Wem die Stunde schlägt* benutzte. Das war das Ende der Freundschaft zwischen den beiden Schriftstellern und der Anfang des politischen Sinneswandels von Dos Passos gewesen. Später fand Dos Passos heraus, dass Robles zu gut über verschiedene unsaubere Geschichten Bescheid wusste und eines der ersten Opfer stalinistischen Terrors im Spanien des Jahres 1936 geworden war. Während die Moskauer Schauprozesse liefen, wollten sich die Sowjets ihren Einfluss über die spanischen Republikaner sichern. Kurze Zeit später würde Stalin sie links liegen und im Kampf gegen die Faschisten alleine lassen. Hemingway schlachtete diese verworrene, obskure, schäbige Geschichte aus, und am Schluss stand Dos Passos als Feigling und er selbst als Held da. Doch die Wahrheit kam schließlich an den Tag und zeigte, wie sehr Hemingway in seiner naiven Eitelkeit zu einem Instrument in den Händen der stalinistischen Propagandisten jener finsteren Jahre geworden war. Die unappetitliche Episode hatte bei Mario Conde einen schlechten Nachgeschmack hinterlassen, und jetzt, inmitten der vielen Dinge, die der ruhmbedeckte Hausherr dieses hochherrschaftlichen Anwesens zusammengekauft, gejagt oder aus aller Welt geschenkt bekommen hatte, wurde Mario sich bewusst, dass er liebend gerne einen Beweis für Hemingways Schuld gefunden hätte. Es wäre nicht schlecht, dachte er, wenn sich herausstellen würde, dass er ein ganz gewöhnlicher gemeiner Mörder war.

Den ganzen Nachmittag schon regnete es. Die Fenster in Mary Welshs Zimmer waren geschlossen. El Conde lag im Dunkeln auf dem Bett und wartete darauf, dass der Regen aufhörte. Er hatte Hunger, und die schwüle Sommerhitze lastete auf ihm. Wie viele Male wohl hatten sie sich auf diesem Bett geliebt?, fragte er sich. Und wie oft hatten die Museumsangestellten es für ihre Seitensprünge entweiht? Drei Stunden lang hatte er sich im Haus umgeschaut, und am Ende war ihm klar geworden: Er musste alles über die Geschichte der gefundenen Knochen in Erfahrung bringen. Dann erst würden all diese Gegenstände und Dokumente ihm ihre eigene Geschichte enthüllen und ihm klar und verständlich auch die Geschichte Hemingways entschlüsseln. Immerhin hatte die Hausdurchsuchung schon drei Vermutungen bestätigt. Die erste lag auf der Hand: In diesem Haus gab es so einige Bücher, die auf dem Markt, für den Mario arbeitete, fantastische Preise erzielen konnten. Zweitens: Hemingway musste masochistisch veranlagt gewesen sein, falls seine Reiseschreibmaschine »Royal« tatsächlich auf einem Pult stand und er im Stehen schrieb. Denn Schreiben ist – Mario wusste es nur zu gut – ein für den Geist an sich schon zu schwieriges Unterfangen. Warum es darüber hinaus noch zu einer physischen Herausforderung machen? Und schließlich hatte sich zu Hemingways Masochismus vermutlich noch eine Portion Sadismus gesellt: Alle diese über die Zimmerwände verteilten toten Tierköpfe hatten eine Aura von sinnlosem Blutvergießen, von Gewalt aus reiner Freude an der Gewalt, sodass einen unwillkürlich eine Abscheu vor diesem Mann beschlich, der so viel Tod verbreitet hatte.

Kurz nach vier Uhr wurde er von Schlägen gegen die Haustür aufgeschreckt. Wie ein Schlafwandler wankte er in den Salon und sah einen aufgeregten Museumsleiter vor sich.

»Ich dachte schon, es wär Ihnen was passiert.«

»Nein, ich hab mich nur gelangweilt.«

»Und? Sind Sie fündig geworden?«

»Weiß ich noch nicht … Hat's aufgehört zu regnen?«

»So gut wie.«

»Und die Polizisten?«

»Sind weggegangen, als es anfing zu regnen. Das Grundstück ist ein einziger Morast.«

»Fahren Sie nach Havanna rein?«

»Ja, nach Santos Suárez.«

»Können Sie mich mitnehmen?«, wagte El Conde zu fragen.

Wie er befürchtet hatte, redete Tenorio während der ganzen Fahrt. Er schien tatsächlich über Hemingways Leben in Kuba bestens Bescheid zu wissen, und er war ein bedingungsloser Bewunderer des Schriftstellers. Na ja, ist ja wohl auch angebracht, wenn man mit und von ihm lebt, dachte Mario und ließ den Mann reden, während er die Informationen in seinem vor Müdigkeit und Erschöpfung benommenen Hirn zu speichern versuchte.

»Wir, die Hemingwayaner Kubas, sind sehr daran interessiert, dass diese Sache völlig geklärt wird. Ich zumindest bin mir sicher, dass er kein …«

»Die Hemingwayaner Kubas? Was ist das denn? Eine Loge oder eine Partei?«

»Weder noch. Wir sind eine Vereinigung von Leuten, die Hemingway verehren. Bei uns ist alles vertreten: Schriftsteller, Journalisten, Lehrer, auch Hausfrauen und Rentner …«

»Und was machen die so, die Hemingwayaner Kubas?«

»Nun ja, Hemingway lesen, über ihn forschen, Kolloquien über sein Leben veranstalten …«

»Und wer leitet das Ganze?«

»Niemand … Na ja, ein wenig ich, ich organisiere die Veranstaltungen. Aber einen eigentlichen Leiter haben wir nicht.«

»Also so was wie eine Glaubensgemeinschaft, nur ohne Kirche und Priester. Gar nicht schlecht«, stellte El Conde erstaunt fest. Eine Organisation unabhängiger Gläubiger in Zeiten gewerkschaftlich organisierter Ungläubiger …

»Das hat mit Glauben nichts zu tun«, widersprach Tenorio. »Hemingway war einfach ein großer Schriftsteller und nicht der gewalttätige Wüstling, als der er manchmal hingestellt wird. Und Sie, sind Sie kein Hemingwayaner?«

El Conde musste einen Moment nachdenken, bevor er antwortete: »Ich war einmal einer, aber dann bin ich aus dem Klub ausgetreten.«

»Und Polizist? Sind Sie Polizist, oder sind Sie keiner?«

»Auch nicht. Ich denke, ich bin nicht mehr Polizist.«

»Aber was sind Sie dann? Wenn man fragen darf …«

»Wenn ich das nur wüsste! Im Moment weiß ich nur, was ich nicht sein will. Und eins von dem, was ich nicht sein will, ist Polizist. Hab zu oft erlebt, wie Leute von der Kripo zu Arschlöchern geworden sind, wo es doch ihre Arbeit sein sollte, den Arschlöchern das Leben schwer zu machen.«

»Da ist was dran«, stimmte Tenorio nachdenklich zu.

»Und Sie als überzeugter Hemingwayaner, was halten Sie von den Knochen, die auf dem Grundstück gefunden worden sind?«

»Eine sehr mysteriöse Geschichte. Aber ich bin sicher, dass Hemingway den Mann nicht umgebracht hat. Ich weiß das, ich hab mich nämlich oft mit den alten Leuten unterhalten, die ihn gekannt haben. Mit Raúl Villaroy zum Beispiel, als er noch gelebt hat, mit Ruperto, dem Kapitän der *Pilar*, und auch mit Toribio Hernández, der sich um Hemingways Hähne gekümmert hat.«

»Der Geschorene? Lebt der überhaupt noch?«, wunderte sich Mario. Nach seinen Erinnerungen musste Toribio mindestens zweihundert Jahre alt sein.

»Er lebt, und er erzählt schaurige Dinge über Hemingway. Allerdings nimmt er es mit der Wahrheit nicht so genau … Als ich mit diesen Leuten gesprochen habe, wurde mir klar, dass Hemingway ein besserer Mensch war, als es den Anschein hatte. All den Leuten hat er irgendwann mal im Leben einen großen Gefallen getan. Auch vielen seiner Freunde. Und seinen Angestellten hat er ganz konkret geholfen. Den einen hat er schlimme Dinge verziehen, die sie getan hatten, und ihnen auf der Finca Arbeit gegeben. Andere hat er in schwierigen Situationen unterstützt. Und er hat sie anständig bezahlt. Darum wäre fast jeder, der bei ihm gearbeitet hat, sogar bereit gewesen, einen Mord zu begehen, wenn Papa es verlangt hätte.«

»Einen Mord?«

»Ach, das ist nur so 'ne Redensart …« Der Museumsleiter merkte, dass er vielleicht übertrieben hatte, doch er blieb dabei. »Ja, einige von ihnen wären imstande gewesen, für ihn zu töten, das glaube ich.«

»Klingt nach Vito Corleone. Ich tu dir einen Gefallen, dafür bist du mir dann bedingungslos ergeben. Auch eine Art, Leute zu kaufen.«

»Nein, so war das nicht.«

»Ich lasse mich gern vom Gegenteil überzeugen.«

»Raúl Villaroy zum Beispiel. Als Hemingway auf die Finca Vigía kam, war Raúl Waise und schlug sich auf der Straße durch. Hemingway hat ihn sozusagen adoptiert. Er veränderte sein Leben, machte ihn gewissermaßen zu einem Menschen, und Raúl hat natürlich alles mit den Augen seines Wohltäters gesehen. Er war nicht der Einzige. Ruperto verehrt Hemingway noch heute, genauso wie der Spanier Ferrer, sein Arzt. Und Toribio hätte alles für Hemingway getan, egal, was er heute erzählt … Aber sagen Sie, wie hat Ihnen das Haus gefallen?«

El Conde sah auf die immer noch regennasse Fahrbahn und versuchte sich vorzustellen, wie Hemingway die Dankbarkeit der Leute ausgenutzt haben konnte. Solche Abhängigkeitsverhältnisse führen häufig auf einen gefährlichen Weg, dachte er.

»Waren Sie früher schon mal drin?«, hakte Tenorio nach, offenbar entschlossen, seinen Beifahrer nicht ohne Antwort davonkommen zu lassen.

»Nein, drin war ich noch nicht … Sehr interessant, das alles«, sagte El Conde ausweichend.

»Aber die Waffen haben Sie nicht gesehen.«

»Nein. Sie befinden sich im Turm, stimmt's?«

»Ja. Und das Spitzenhöschen von Ava Gardner, das haben Sie bestimmt auch nicht gesehen.«

Mario fuhr hoch. »Das Höschen von wem?«

»Von Ava Gardner.«

»Sind Sie sicher?«

»Ganz sicher.«

»Nein, das hab ich nicht gesehen. Muss ich unbedingt nachholen. Die Unterwäsche einer Frau zu betrachten ist fast so, als würde man sie nackt vor sich sehen. Ich muss mir den Slip anschauen. Welche Farbe hat er?«

»Schwarz. Mit Spitzen. Hemingway hat damit seinen 22er-Revolver eingewickelt.«

»Diesen Slip muss ich sehen«, wiederholte Mario, wie ein echter Hemingwayaner. Er bedankte sich bei Juan Tenorio fürs Mitnehmen und bat, an der nächsten Ecke abgesetzt zu werden. Gerne hätte er ihn noch gefragt, wer von Tenorios beiden Elternteilen die Todsünde begangen hatte, ihm diesen poetischen, wohlklingenden Namen aufzudrücken und ihn für den Rest seines Lebens damit rumlaufen zu lassen. Doch er verkniff sich die Frage.

El Conde machte es Spaß, an Nachmittagen wie diesem nach einem kräftigen Regenguss durch Havanna zu laufen. Die drückende Sommerhitze verabschiedete sich dann bis zum nächsten Morgen, und die Luft war von Feuchtigkeit geschwängert, was eine belebende Wirkung auf ihn ausübte, genauso wie Rum, und ihm die Kraft gab, sich dem größten Kummer seines Lebens zu stellen.

Der dünne Carlos saß vor der Haustür. Obwohl er schon seit langer, langer Zeit nicht mehr dünn war, sondern als fette Fleischmasse im Rollstuhl hing, nannte Mario ihn nach wie vor bei seinem Spitznamen. Den hatte er ihm in der längst vergangenen Schulzeit verpasst, als Carlos noch spindeldürr gewesen war und niemand geahnt hatte, dass er einmal als Invalider aus einem fremden, fernen Krieg nach Hause kommen würde. Viele Jahre schon verband die beiden eine reine, wahre Freundschaft, sodass sie mehr als nur Freunde waren. Jeden Abend kam Mario bei Carlos vorbei, und dann hörten sie gemeinsam die Musik, die sie seit zwanzig Jahren hörten, sprachen über das, worüber sie immer sprachen, tranken, was zu trinken da war, und verschlangen gierig, wie ausgehungert, das Essen, das Carlos' Mutter Josefina auf den Tisch zauberte.

»Hast du den Regen verschlafen, Kleiner?«, rief der Dünne seinem Freund entgegen.

»Ich hab noch was ganz anderes verschlafen! Ein Spitzenhöschen!«

Mario erzählte die Geschichte vom schwarzen Slip, der mit Spitzen und feuchten Erinnerungen an die Haut von Ava Gardner besetzt war, dem Slip in Hemingways Haus, den er aber nicht gesehen hatte und der ihm nun nicht aus dem Kopf ging.

»Du lässt nach, Conde«, stellte Carlos fest. »Sich so was entgehen zu lassen ...«

»Ich bin eben kein Bulle mehr, Alter«, verteidigte sich El Conde.

»Red keinen Scheiß, Kleiner! Um ein Spitzenhöschen von Ava Gardner zu finden, muss man doch kein Bulle sein ...«

»Aber es würde helfen, oder?«

»Ja, klar! Immerhin bist du jetzt so was Ähnliches wie 'n Privatbulle. Klingt komisch, was?«

»Saukomisch, Bär.« Mario grübelte über seine neue Situation nach, an die er sich erst noch gewöhnen musste. »Dann bin ich jetzt also ein beschissener Privatbulle. Wer hätte das gedacht ...«

»Und was hast du sonst noch nicht gefunden, Marlowe?«

»'ne ganze Menge, Terry. Ich hab weder herausgefunden, wer den umgebracht hat, den man umgebracht hat, noch, wer zum

Teufel dieser Tote ist. Aber was anderes hab ich rausgefunden. Und das ist endgültig und macht traurig und einsam. Ich hab rausgefunden, wen ich gerne als Mörder überführen würde.«

»Das weiß doch ganz Havanna, Conde. Traurig daran ist nur, dass du ihn früher so verehrt hast.«

»Ich hab den Schriftsteller verehrt, nicht den Mann.«

»Erzähl doch keine Märchen! Du hast auch den Mann verehrt. Hast immer gesagt, er wär 'n toller Kerl! Weißt du noch, wie du uns alle auf die Finca geschleppt hast?«

»Ich hab's wirklich geglaubt. Obwohl ... Da gibt's doch einiges, was für ihn spricht. Er hasste Polizisten und er mochte Hunde.«

»Katzen mochte er lieber.«

»Im Ernst? Das hat noch gefehlt.«

»Sag mal, Kleiner, hast du was von Tamara gehört?«

El Conde sah auf die Straße. Vor zwei Monaten war Tamara nach Mailand geflogen, um ihre Zwillingsschwester zu besuchen, und in letzter Zeit ließ sie immer seltener von sich hören. Mario hatte es vermieden, eine ernste Beziehung mit dieser Frau einzugehen, die ihm mit fünfundvierzig Jahren noch genauso gut gefiel wie mit achtzehn. Dennoch machte ihn ihre Abwesenheit zu einer Art Strohwitwer, zwang ihn zu einem unangenehm keuschen Leben. Und bei dem bloßen Gedanken daran, dass Tamara nicht nach Kuba zurückkehren könnte, bekam er Magenschmerzen, Herzschmerz und Schmerzen an noch ganz anderen Stellen.

»Hör mir bloß damit auf«, murmelte er bedrückt.

»Sie kommt bestimmt zurück, Conde.«

»Wenn du es sagst ...«

»Du bist ja völlig fertig, Kleiner.«

»Halb tot bin ich.«

Carlos schüttelte den Kopf. Er bedauerte, dass er überhaupt davon angefangen hatte, und wechselte das Thema. »Übrigens, ich hab heute deine Hemingway-Geschichten gelesen, Conde. Sind gar nicht so übel ...«

»Hast du das Zeug etwa aufbewahrt? Du hast doch gesagt, du würdest sie in den Müll werfen.«

»Hab ich aber nicht. Und zurückgeben tu ich sie dir auch nicht.«

»Ist auch besser so. Wenn ich die Zettel in die Finger krieg, zerreiß ich sie. Ich bin immer mehr davon überzeugt, dass Hemingway ein Scheißtyp war. Nicht mal Freunde hatte er.«

»Das ist schlimm.«

»Sehr schlimm, Dünner. So schlimm wie mein Hunger. Darf man fragen, wo die Magierin des Topfes steckt?«

»Sie wollte Olivenöl für den Salat besorgen, eiskalt gepresst ...«

»Und was sonst noch? Los, spuck's aus«, bat Mario.

»Nun ja, heute sieht's ziemlich düster aus, hat sie gesagt. Ich glaube, sie will einen Gemüseeintopf kochen, mit Schweinefleisch und Schinken drin, dazu Reis, gebratene Malanga, einen Avocado-Kresse-Tomatensalat, und zum Nachtisch Frischkäse mit Guajavenmarmelade ... Ach ja, und die Maispasteten von gestern.«

»Wie viele haben wir denn übrig gelassen?«

»Zehn, glaub ich. Vierzig waren's insgesamt, oder?«

»Zehn? Wir haben keine Kondition mehr, Alter. Früher haben wir immer alle aufgegessen, stimmt's? Blöd ist nur, dass ich keinen Peso für Rum habe, dabei könnte ich ein Gläschen vertragen …«

Carlos lachte. Mario sah ihn gerne lachen. Es gehörte zu den wenigen Dingen im Leben, die ihn aufheitern konnten. Die Welt ging den Bach runter, und die Leute sprangen ans andere Ufer. Sein eigenes Land ging ebenfalls den Bach runter, es wurde ihm immer fremder, er kannte es kaum noch wieder. Trotz all des Kummers, trotz all der Verluste konnte der Dünne immer noch lachen, und er konnte sogar versichern: »Aber du und ich, wir sind nicht wie Hemingway, wir haben Freunde, gute Freunde … Geh in mein Zimmer, da steht 'ne Flasche, direkt neben dem Rekorder. Weißt du, wer sie mitgebracht hat? Der rote Candito! Er hat ja mit dem Saufen aufgehört, und da hat er mir den Rum geschenkt, den er in der Bodega gekriegt hat. Einen Liter *Santa Cruz*, der …«

Er beendete den Satz nicht, denn er sah, dass sein Freund ihm nicht mehr zuhörte. Wie ein Verdurstender rannte El Conde ins Haus und kam kurz darauf zurück, die Flasche in der einen und zwei Gläser in der anderen Hand, zwischen den Zähnen einen Kanten Brot.

»Weißt du, was ich gerade gesehen habe?«, fragte er, ohne den Kanten fallen zu lassen.

»Nein, was denn?«, erkundigte sich der Dünne und nahm Mario ein Glas ab.

»Einen Schlüpfer von Jose, auf der Fensterbank im Badezimmer. Und den Slip von Ava Gardner hab ich übersehen!«

Er sah die Flasche Chianti an, wie man einen Feind ansieht. Es kam kein Tropfen Wein mehr heraus, und das Glas war ebenfalls leer. Langsam stellte er Glas und Flasche auf den Boden und lehnte sich wieder in seinem Sessel zurück. Er war versucht, auf die Uhr zu schauen, doch er beherrschte sich, streifte sie stattdessen vom Handgelenk und ließ sie auf den philippinischen Flauschteppich fallen, zwischen Glas und Flasche. In dieser Nacht würde es keine Disziplin und keine Grenzen geben. Er würde einiges von dem tun, was er gerne tat. Zuerst widmete er sich dem sadomasochistischen Vergnügen, sich mit dem Fingernagel die Hautschuppen von der Nase zu kratzen, was Miss Mary immer so entsetzte. Das ist nur ein gutartiger Krebs, pflegte er sie zu beruhigen. Seit der Zeit, in der er die Expeditionen der *Pilar* auf der Suche nach Nazi-U-Booten geleitet und sich zu lange der tropischen Sonne ausgesetzt hatte, verunzierte ein schwarzbrauner Fleck seine Nase.

Was seine Frau jedoch in Wirklichkeit entsetzte – und er wusste das –, war, dass er diese Säuberungsaktion in aller Öffentlichkeit vornahm, manchmal sogar bei Tisch. Miss Mary hatte viel Mühe darauf verwendet, ihm gute Manieren beizubringen, ihn zu erziehen. Sie sorgte dafür, dass er die Wäsche wechselte, täglich badete und wenigstens dann eine Unterhose anzog, wenn er das Haus verließ. Sie achtete darauf, dass er sich nicht vor anderen Leuten kämmte und das schaurige Schauspiel herabrieselnder Schuppen bot, sie versuchte ihm abzugewöhnen, in der Sprache der Ojibwa-Indianer von Michigan zu fluchen. Und sie bat ihn inständig, nicht die Hautschuppen mit den Fingernägeln von der Nase zu kratzen. Doch all ihre Bemühungen waren erfolglos geblieben, denn er wollte unbedingt schockieren und provozieren, um eine weitere Barriere zwischen seiner illustren Person und den übrigen Sterblichen zu errichten. Das Abkratzen der Schuppen allerdings war nicht eine der üblichen Posen. Das Verlangen nach diesem zweifelhaften Vergnügen kam aus dem Unterbewussten, und darum konnte es ihn jederzeit und an jedem Ort überkommen.

Sein Lieblingsargument war: Es habe ihn so viele Verluste und Schmerzen, einige davon sogar unbeabsichtigt, gekostet, bis er in der ganzen Welt wegen seiner Großtaten und Unverschämtheiten bekannt war, sodass es sich nicht lohne, jetzt noch mit dem höflichen Benehmen anzufangen, das er so sehr verachtete. Fast dreihundert Narben wies sein Körper auf – mehr als zweihundert stammten von einer Granate, die ihn in Fossalta getroffen hatte, als er einen verwundeten Soldaten auf den Schultern trug. Über jede einzelne konnte er eine spannende Geschichte erzählen, wobei er selbst oft nicht wusste, ob sie wahr oder erfunden war. Als er sich einmal den Kopf schor, sah sein Schädel aus wie eine von Erdbeben und Vulkanausbrüchen gezeichnete Landkarte des Schreckens. Unter all den Narben fehlte ihm nur eine, die er gerne zur Schau gestellt hätte: die vom Hornstoß eines Kampfstieres, von einer *cornada*, der er tatsächlich zweimal nur knapp entgangen war.

Nein, in diese Richtung hätte er seine Gedanken nicht lenken sollen. Wenn er sich an eines nicht erinnern wollte, dann an Stierkämpfe, und damit an die Arbeit, die ihn zurzeit beschäftigte. Diese verfluchte Überarbeitung von *Tod am Nachmittag*, die einfach nicht richtig in Fluss kommen wollte! Ihn ergriff eine quälende Sehnsucht nach jener trunkenen Zeit, in der ihm alles leicht von der Hand gegangen war, sodass er sich als Schöpfer und Herr über Wald und Feld gefühlt hatte … Zwischen den Bäumen umherlaufen, auf die Lichtung hinaustreten, einen Hügel hochsteigen, die Bergrücken auf der anderen Seite des Sees entdecken. Einen Arm unter den schweißfeuchten Gurt des Rucksacks schieben, den anderen unter den anderen Gurt, um so das Gewicht zu verlagern und den Rücken zu entlasten. Dann zum See hinuntergehen, die Kiefernnadeln unter den Sohlen der Mokassins spüren …

Mit einem beklemmenden Gefühl in der Brust stand er auf. Es musste bereits nach elf sein. Zeit, die Runde zu machen. Der Wein tat seine befreiende Wirkung und beschwor, heimtückisch wie immer, Erinnerungen herauf. Er ging zur Tür und öffnete sie. Auf dem Teppich in der Eingangshalle lag Black Dog, das treue Tier, und wartete auf ihn.

»Du hast nichts gefressen, hab ich gehört … Das kann ich aber kaum glauben«, sagte er zu dem Tier, das erwartungsvoll mit dem Schwanz wedelte. Seit jenem Tag vor mehr als dreizehn Jahren, als er ihn als jungen Straßenköter mit gekräuseltem schwarzem – inzwischen grau meliertem – Fell in Cojímar aufgelesen hatte, war ihm der Hund in treuer Ergebenheit, ja in Liebe verbunden, und sein Herrchen zog ihn allen anderen Hunden der Finca vor. »Los, komm, das wollen wir doch mal sehen …«

Black Dog schien der Einladung nicht zu trauen. Miss Mary ließ die Hunde nicht ins Haus, wogegen einige der Katzen durchaus zu den *invited visitors* gehörten.

»Los, komm schon rein, das blöde Weib ist nicht da …«

Ermunternd schnippte er mit den Fingern. Zuerst schüchtern, dann immer forscher folgte der Hund ihm in die Küche. Er nahm das Messer und säbelte mehrere Scheiben von dem Serrano-Schinken ab, der in einem Gestell befestigt war. Er wusste, dass Black Dog dem Serrano-Schinken nicht widerstehen konnte. Er warf Scheibe um Scheibe in die Luft, und der Hund schnappte eine nach der anderen auf und verschlang sie fast ohne zu kauen.

»Donnerwetter, der alte Black Dog schnappt sich seine Beute immer noch in der Luft! Jetzt fühlen wir uns schon besser, was? … Ja, ja, wir gehen gleich los.«

Er ging ins Badezimmer, stellte sich vor die Kloschüssel und knöpfte seine Hose auf. Der Urinstrahl ließ auf sich warten, und als er endlich floss, hatte der Mann das Gefühl, dass er heißen Sand pisste. Nachlässig schüttelte er die letzten Tropfen ab, steckte das schlaffe Glied wieder in die Hose und ging in sein Arbeitszimmer. Aus der obersten Schreibtischschublade, in der er auch Quittungen und Scheckformulare aufbewahrte, nahm er den 22er-Revolver, der ihn immer auf seiner Runde um die Finca begleitete. Die Waffe war in ein schwarzes Spitzenhöschen gewickelt, das Ava Gardner bei ihm vergessen hatte. Höschen und Revolver erinnerten ihn an bessere Zeiten, in denen sein Urinstrahl kraftvoll und kristallklar herausgeschossen war. Er hob die Taschenlampe mit den drei Batterien vom Boden auf und vergewisserte sich, dass sie funktionierte. Als er das Zimmer schon verlassen wollte, ließ ihn eine plötzliche Vorahnung innehalten. Er trat zum Waffenschrank und holte die Thompson heraus, eine Maschinenpistole, die er seit 1935 auf der Haifischjagd benutzte. Vor drei Tagen hatte er sie gereinigt und dann wie so oft vergessen, sie an ihren Platz im zweiten Stock des Turms zurückzubringen. Das gleiche Modell hatte auch Harry Morgan in *Haben und Nichthaben.* Und Eddy, der Freund und Koch von Thomas Hudson in *Inseln im Strom.* Er streichelte den kurzen Kolben, spürte die angenehme Kühle des Laufs und legte ein volles Magazin ein, so als zöge er in den Krieg.

Black Dog, der im Salon auf ihn wartete, empfing ihn mit freudigem, zur Eile drängendem Gebell. Seine größte Freude war es, neben seinem Herrn auf Patrouille zu gehen, wovon die anderen Hunde der Finca und natürlich alle Katzen ausgeschlossen waren.

»Bist ein braver Hund«, sagte er zu dem Tier, »ein großer, braver Hund.«

Er trat durch die Seitentür hinaus auf die Terrasse mit dem Brunnen aus portugiesischen Kacheln, den der Vorbesitzer hatte bauen lassen. Auf dem Weg zum Swimmingpool genoss er das Gefühl, sich bewaffnet und beschützt zu wissen. Er hatte die Thompson schon lange nicht mehr benutzt, vielleicht seit den fernen Tagen, als er mit der Filmcrew von *Der alte Mann und das Meer* in den Golf hinausgefahren war, um einen riesigen Schwertfisch aufzuspüren. Warum er sich entschlossen hatte, heute Nacht ausgerechnet diese Waffe auf seinen harmlosen Rundgang mitzunehmen, wusste er nicht. Und ebenso wenig wusste er, dass ihn diese Frage den Rest seines Lebens beschäftigen würde und sie zu einer schmerzhaften Obsession werden sollte. Vielleicht hatte er sie mitgenommen, weil er seit Tagen schon an sie gedacht und es immer wieder aufgeschoben hatte, sie in den Turm zurückzubringen. Vielleicht, weil es die Lieblingswaffe von Gregory war, dem eigensinnigsten seiner Söhne, zu dem er seit dem Tod der Mutter, der lieben Pauline, kaum noch Kontakt hatte. Vielleicht, weil er schon von klein auf eine Leidenschaft für Waffen verspürt hatte. Diese spontane, völlig unbefangene Begeisterung war zum ersten Mal an seinem zehnten Geburtstag offenbar geworden, als Großvater Hemingway ihm ein kleines zwölfkalibriges Gewehr mit nur einem Lauf geschenkt hatte, das für immer das schönste Geschenk seines Lebens bleiben sollte. Schießen und Töten gehörten seitdem zu seinen Lieblingsbeschäftigungen, waren ihm fast ein Bedürfnis, obwohl die väterliche Maxime lautete, man dürfe nur töten, um zu essen. Natürlich missachtete er dieses Gesetz schon sehr bald, obwohl dessen dramatische Bedeutung ihm an dem Tag hätte klar werden müssen, als sein Vater ihn zwang, das zähe Fleisch eines Stachelschweins zu essen, das er aus bloßer Lust abgeknallt hatte.

Waffen zu tragen und damit zu töten, das war ihm nach und nach zu einer literarischen Chiffre für Männlichkeit und Mut geworden. Alle seine Helden trugen eine Waffe und schossen auch damit, manchmal sogar auf Menschen. Er selbst hatte Tausende von Vögeln, unendlich viele Haie und Schwertfische sowie zahlreiche Nashörner, Gazellen, Antilopen, Büffel, Löwen und Zebras getötet – aber nie einen Menschen, obwohl er an drei Kriegen und anderen Scharmützeln teilgenommen hatte. Als er sich damit brüstete, er habe eine Granate in einen Keller geworfen, in dem sich Mitglieder der Gestapo versteckt hielten, die seine Guerillatruppe auf ihrem Vormarsch nach Paris aufhalten wollten, kam ihn das teuer zu stehen. Später musste er das nämlich vor einem Ehrengericht widerrufen, das ihn beschuldigte, als Journalist an Kriegshandlungen teilgenommen zu haben. Warum eigentlich hatte er widerrufen, wo er doch kaum mehr riskierte als den Verlust seiner Akkreditierung, an der ihm ohnehin nicht viel lag? Warum entlastete er sich mit seiner Aussage und beschädigte dadurch seinen Mythos als Mann der Tat und des Krieges? Und vor allem: Warum hatte er die Granate nicht geworfen und die Nazis nicht getötet? Er wusste es bis heute nicht, und das quälte ihn.

Der kräftige Nachmittagsregen hatte Bäume und Rasen erfrischt. Die Luft war feucht und angenehm kühl. Bevor er zum Eingangstor hinunterging, wo Calixto Wache hielt, lenkte er seine Schritte in Richtung Swimmingpool. Er ging um den Teich herum und blieb vor den Gräbern von Black Dogs Vorgängern stehen. Er versuchte sich an den Charakter jedes einzelnen Tieres zu erinnern. Alles hervorragende Hunde, ausnahmslos, insbesondere Nero; aber keiner war so gewesen wie Black Dog.

»Du bist der beste Hund, den ich je gehabt habe«, sagte er zu Black Dog, der zu seinem Herrn gekommen war, als er ihn vor den kleinen Erdhügeln mit den hölzernen Namensschildchen stehen sah.

Er wollte nicht mehr an den Tod denken und nahm seinen Weg wieder auf. Er ging um den Swimmingpool herum bis zu der mit blühenden Kletterpflanzen bedeckten Pergola, die als Umkleidekabine genutzt wurde. Ein Blatt fiel von einem Baum auf das Wasser und verursachte eine leichte Wellenbewegung.

Diese kurze Störung der spiegelglatten Oberfläche brachte wieder eine Erinnerung hoch: das frische, strahlende Bild der im Mondschein schwimmenden Adriana Ivancich … Hart war ihn die Erkenntnis angekommen, dass es geboten war, sich von der jungen Frau zu trennen, denn nach dem flüchtigen Abenteuer hätte eine lange Leidenszeit gedroht. Es war nicht das erste Mal gewesen, dass er sich in die Falsche verliebt hatte. Aber dass er sich diesmal lediglich durch ihre Jugend und ihre vielfältigen Talente hatte aus der Bahn werfen lassen, erkannte er als ersten Fingerzeig auf das unerbittliche Fortschreiten seines eigenen Alters. Nicht mehr lieben, nicht mehr auf die Jagd gehen, nicht mehr trinken oder sich herumprügeln und kaum noch schreiben können – was war dieses Leben überhaupt noch wert? Er strich zärtlich über den Lauf der Thompson und schaute auf die stille Welt zu seinen Füßen. Und da, hinter der Pergola, sah er sie auf einer Fliese leuchten.

Nach einer Weile begriff er, dass es sich weder um einen Bombenangriff noch um einen Hurrikan, sondern um das zweite stürmische Erwachen innerhalb von zwei Tagen handelte.

»He, Conde, ich kann nicht den ganzen Morgen hier verplempern!«, rief die ärgerliche Stimme, während die Fäuste weiter gegen die Holztür hämmerten.

Dreimal musste er den Entschluss fassen, dreimal es versuchen, erst dann gelang es ihm, auf die Füße zu kommen. Ein Knie tat ihm weh, Nacken und Rücken ebenfalls. Was tut dir eigentlich nicht weh, Mario Conde?, fragte er sich. Der Kopf, stellte er erleichtert fest, nachdem er im Geiste sämtliche Körperteile durchgegangen war. Das erstaunlicherweise funktionstüchtige Hirn erinnerte sich durchaus an die vergangene Nacht. Sie hatten gerade das Requiem für eine Flasche *Santa Cruz* gesungen, als der Hasenzahn gekommen war, mit einem Liter Schnaps als Gastgeschenk, den Pedro der Wikinger selbst braute und verkaufte. Sie hatten die restlichen Maispasteten verschlungen und mit dem Fusel hinuntergespült, und dazu hatten sie Musik von Creedence Clearwater Revival gehört. Auf Drängen des Dünnen hin hatte Mario dann sogar eine seiner Hemingway-Geschichten vorgelesen. Sie handelte von einer Abrechnung unter Freunden, was zu einer neuerlichen Abrechnung mit Marios alten und längst verlorenen literarischen Illusionen geführt hatte. Doch er vertrug wohl nicht mehr so viel Alkohol wie früher. Was soll's!, dachte er und wich den Kisten mit den jüngst erworbenen Büchern aus, die auf dem Boden standen. Er erinnerte sich an frühere, ebenso unfriedliche Morgenstunden nach weit turbulenteren, feuchtfröhlicheren Nächten, öffnete die Haustür und sagte: »Halt noch fünf Minuten die Klappe, ja? Nur fünf Minuten. Lass mich erst mal pinkeln und Kaffee kochen.«

Teniente Manuel Palacios war derartige Bitten gewohnt und verhielt sich still. Eine nicht angezündete Zigarette zwischen den Fingern, betrachtete er sorgenvoll die überquellenden Bücherkisten, die überall herumstanden, und ging in die Küche.

El Conde kam gerade aus dem Badezimmer und machte sich ans Kaffeekochen. Schweigend, ohne sich anzusehen, warteten die beiden Männer darauf, dass der Kaffee durchlief. Dann goss Mario zwei Tassen voll, eine große für sich, eine kleine für Manolo. Gierig schlürfte er die heiße Flüssigkeit. Jeder Schluck, der seinen Mund durchspülte, durch seine Kehle floss und ganz tief unten im Magen landete, belebte eine seiner wenigen überlebenden Nervenzellen. Schließlich zündete er sich eine Zigarette an und musterte den ehemaligen Kollegen.

»Hast du Basura vor der Tür gesehen?«, fragte er.

»Vor der Tür nicht«, antwortete Manolo, »aber drüben an der Ecke, mit 'ner ganzen Meute. Laufen hinter 'ner Hündin her ...«

»Hab den blöden Köter seit drei Tagen nicht mehr gesehen. Na ja, jeder hat den Hund, den er verdient. Meiner ist völlig meschugge und rattenscharf ...«

»Kann ich jetzt was sagen?«

»Nur zu. Sag, was du zu sagen hast.«

»Vergiss Hemingway und verbimmel weiter deine Bücher! Was ich dir hier mitgebracht hab, ist eine Bombe, aber so was von 'ner Bombe ...«

»Wieso?«

»Der Regenguss gestern hat Crespo und El Greco die Arbeit abgenommen, und zum Vorschein gekommen ist das hier ...«

Manolo warf ein Zellophantütchen auf den Tisch. Es enthielt eine Blechmarke, an der noch schwarze Lederreste hafteten. Auf dem verrosteten Blech konnte man das Profil eines Wappens erkennen. Nicht erkennen konnte man die Ziffern der Nummer darunter. Aber die drei alarmierenden Buchstaben waren ganz deutlich zu sehen: FBI.

»Um Himmels willen!«, entfuhr es Mario.

Teniente Palacios grinste süffisant. »Der hat einen Yankee-Bullen umgelegt!«

»Das will noch gar nichts heißen«, dämpfte El Conde die Begeisterung seines Ex-Kollegen.

»Ach nein? Das heißt zumindest, dass seine Wahnvorstellung, das FBI wäre hinter ihm her, nicht aus der Luft gegriffen war. Seit Jahren ist bekannt, dass die ihm tatsächlich auf den Fersen waren. Und das da ist der schlagende Beweis, Conde. Na, ist das eine Bombe, oder ist das keine?«

Mario drückte die Zigarette aus und nahm das Tütchen in die Hand. »Das kann so einiges heißen und beweisen, aber nicht alles.«

»Ja, ja, ich weiß. Wir müssen rauskriegen, ob zwischen '57 und '60 ein FBI-Agent auf Kuba verschwunden ist. Und wenn ja, was er hier gemacht hat.«

»Hemingway überwachen? Ihn erpressen?«

»Möglich. Und wenn ...«

»Und wenn es nicht Hemingway war, der den Mann getötet hat, Manolo?«

»Dann kann er mich mal am Arsch lecken, Conde. Im Moment jedenfalls steht er mit beiden Beinen in der Scheiße. Bis zu den Ohren.«

El Conde stand auf und ging zum Spülbecken. Er öffnete den Wasserhahn und schüttete sich Wasser ins Gesicht und über die Haare. Dann trocknete er sich mit dem löchrigen T-Shirt, in dem er geschlafen hatte, Mund und Augen ab. Er goss den restlichen Kaffee in seine Tasse und zündete sich die nächste Zigarette an.

Der beste Beweis dafür, dass er nicht mehr so viel Alkohol vertrug, war der Schauer, der ihm über den Rücken gelaufen war, als er dem Dünnen und dem Hasenzahn seine alte Hemingway-Geschichte vorgelesen hatte. Ein unbestimmtes unangenehmes Gefühl, das seinen Verdacht gegen den so sehr verehrten und so sehr verhassten Meister ins Wanken bringen konnte.

»Eins lass dir gesagt sein, Manolo … Ich wäre da etwas vorsichtiger. Auch wenn ich ihn gerne als Mörder überführen würde, das weißt du ja. Aber … Um einen Menschen umzubringen, muss man Eier haben, und ich bin mir nicht sicher, ob er für so was genug Mumm hatte!«

»Warum denn so böse, Conde? Hast du gestern vielleicht zu viel getrunken?«

»Komm mir nicht damit! Ich bin nicht sicher, dass er's war, das ist alles. Ich mach dir 'n Vorschlag: Halt die Blechmarke drei Tage unter Verschluss. Gib mir drei Tage.«

»Jetzt bist du total übergeschnappt! Hör mal, alle Welt weiß doch, dass Hemingway ein ganzes Arsenal von Waffen im Haus hatte. Und vom Museumsdirektor hab ich erfahren, dass er regelmäßig seine Runden um die Finca gemacht hat, und nie ohne Pistole. Sag doch mal ehrlich, Conde: Wenn du einen Mann um dein Haus rumschleichen siehst, und du hast 'ne Knarre bei dir … Da brauchst du keine Eier, Conde. Ich sag's dir, vergiss die Geschichte und vertick deine Bücher. Oder fang endlich mal ernsthaft an zu schreiben. Vielleicht kriegst du dann ja ein Buch zustande und wirst 'n richtiger Schriftsteller …«

El Conde stand wieder auf und schaute durchs Fenster. Der Tag war strahlend schön, und es wurde schon langsam heiß.

»Ein richtiger Schriftsteller soll ich werden, soso. Dann hab ich bis jetzt allen nur was vorgemacht, ja?«

»Sei doch nicht so empfindlich! Du verstehst mich schon.«

»Und du verstehst mich auch. Noch hast du keine Kugeln gefunden. Du weißt nicht, womit der FBI-Mann getötet wurde.«

»Ist auch gar nicht mehr nötig.«

Mario spürte eine seltsame Unruhe in sich aufsteigen. Seine voreiligen Schlüsse waren, zusammen mit dem Wunsch, Hemingways Schuld zu beweisen, im Morast der Erinnerungen versunken. Dafür war die lästige Gewissheit wieder aufgetaucht, dass seine Verachtung und sein Hass nicht so stark waren wie sein altmodischer Sinn für Gerechtigkeit.

»Vergiss nicht, dass er sich manchmal monatelang nicht auf der Finca aufgehalten hat«, gab er zu bedenken. »Möglicherweise ist während der Zeit …«

»Was zum Henker ist mit dir los, Conde? Warum so viele Skrupel? Zunächst einmal behaupte ich nicht, dass er der Mörder war. Nur dass auf seinem Grundstück eine Leiche gefunden wurde, und in der Nähe der Leiche das da.« Der Teniente ließ die Hand auf das Tütchen mit der Blechmarke fallen.

»Häng mal nicht so den Polizisten raus, Manolo. Die werden sich wie die Geier auf die Sache stürzen. Und was mich am meisten ankotzt: Die werden ein Politikum draus machen.«

»Das hat er sich doch ganz alleine zuzuschreiben, oder? Sich als Guerillero aufspielen und die Kommunisten in den Himmel heben! War natürlich ganz bequem für ihn: Ein Guerillero mit 'm Fläschchen Whisky oder Gin am Gürtel, ein Kommunist mit Jacht und Geld, so viel er wollte. Ach, Conde, ich hab die

Schnauze gestrichen voll von den Arschlöchern, die wie Fürsten leben und von Gerechtigkeit und Gleichheit faseln!«

»Schau mal, Manolo …« El Conde ließ sich auf seinen Stuhl fallen und nahm wieder das Tütchen in die Hand. »Ist ja richtig, ich seh das ganz genauso, das weißt du. Aber der Tote hat jetzt schon vierzig Jahre in der Erde rumgelegen, da kommt es auf drei Tage auch nicht mehr an, oder? Halt die Marke zurück und lass das Museum noch drei Tage geschlossen. Ich werd versuchen, was rauszukriegen. Tu's für mich, nicht für ihn … Nur einen kleinen Gefallen …«

»Du bittest mich um einen Gefallen? So weit sind wir also schon gekommen. Erzähl mir bloß nicht, du hast wieder so ein Gefühl!«

El Conde lachte, zum ersten Mal an diesem Morgen. »Nicht mal das hab ich. Nur so was wie 'ne persönliche Verpflichtung mir selbst gegenüber. Ich hab diesen Mann bewundert, aber inzwischen krieg ich Bauchschmerzen, wenn ich nur seinen Namen hör. In Wirklichkeit aber kenn ich ihn überhaupt nicht. Und ich glaube, niemand kennt ihn. Lass mich herausfinden, wer er war. Darum bitte ich dich. Vielleicht weiß ich ja dann, was passiert ist.«

»Aber irgendwas muss ich in meinen Bericht schreiben. Du weißt doch, der Chef …«

»Denk dir was aus, so wie ich's dir beigebracht hab.«

»Du bringst mich in Teufels Küche, Mario Conde.«

»Nein … Wirst schon sehen. Halt die Marke drei Tage unter Verschluss. Und lies *Großer doppelherziger Strom* und sag mir, was du davon hältst.«

»Die Geschichte hab ich vor ’ner Weile schon mal gelesen. Weil du mich dazu gezwungen hast.«

»Dann lies sie noch mal. Hör auf mich.«

»Schon gut, ich werd sie noch mal lesen. Aber ich kapier ums Verrecken nicht, warum du einen Mann kennenlernen willst, den niemand kennt, wie du selbst gesagt hast?«

El Conde gähnte und sah seinen ehemaligen Kollegen an. »Keine Ahnung. Ich schwör’s dir, ich hab keine verdammte Ahnung. Wir richtigen Schriftsteller sind nun mal so, das muss es wohl sein, oder?«

Es musste sich wohl um eine der letzten Mumien handeln. Nur ein tüchtiger Pharaonen-Einbalsamierer konnte das Wunder vollbracht haben, den Mann in den Schaukelstuhl zu setzen und mit altägyptischer Geduld Hautfalte um Hautfalte so zu präparieren, dass er ebenso lebendig wie tot aussah.

El Conde betrachtete ihn minutenlang. Seine besondere Aufmerksamkeit konzentrierte sich auf das Meisterwerk der Hände, wo Narben, Hautpartien, Venen und Runzeln ein prachtvolles Gesamtbild ergaben. Schließlich wagte er ihn zu berühren. Langsam schoben sich die Augenlider des Alten nach oben, wie die eines schläfrigen Reptils, und zum Vorschein kamen wässrig blaue Augen, die vor dem grellen Tageslicht zurückzuckten.

»Was ist?«, fragte eine Stimme, die zu Marios Überraschung nicht die eines Greises war.

»Ich möchte mich mit Ihnen unterhalten, Toribio.«

»Und wer bist du?«

»Sie kennen mich nicht, aber Sie waren ein Freund meines Großvaters Rufino El Conde.«

Der Alte quälte sich ein Lächeln ab. »Ein ganz gefährlicher Kerl war das, der alte Gauner ...«

»Ja, ich weiß. Hab ihm bei den Hahnenkämpfen oft geholfen.«

»Rufino ist tot, ja?«

»Ja, seit einigen Jahren schon. Nachdem die Hahnenkämpfe verboten wurden. Die Hähne waren sein Leben.«

»Meins auch. Scheiße noch mal, erst verbieten sie die Hahnenkämpfe und dann sterben die Leute weg. Ich weiß gar nicht, was ich hier noch soll. Jetzt, wo ich kaum noch was sehen kann ...«

»Wie alt sind Sie, Toribio?«

»Einhundertzwei Jahre, drei Monate und achtzehn Tage.«

El Conde musste lächeln. Er selbst vergaß manchmal sogar sein eigenes Alter. Doch er konnte verstehen, dass für Toribio, »den Geschorenen«, jeder einzelne Tag wichtig war, denn der Countdown bis zur längst überfälligen Abrechnung lief unaufhaltsam. Mario erinnerte sich an den damals bereits alten Toribio, wie er einen Kampfhahn begutachtete. Er hatte die Sporen untersucht, die Flügel ausgebreitet, die kräftigen Muskeln überprüft, sich die Krallen angesehen, den Schnabel aufgesperrt, den Hals abgetastet, und schließlich hatte er das für den Kampf und den Tod bestimmte Tier zärtlich gestreichelt. Marios Großvater Rufino, der nur selten ein lobendes Wort für einen Gegner fand, hatte versichert, Toribio sei einer der besten Kampfhahntrainer Kubas. Aus diesem Grund wohl hatte Hemingway ihn unter Vertrag genommen und viele Jahre hindurch als Betreuer seiner Kampfhähne beschäftigt.

»Wie lange haben Sie eigentlich für Hemingway gearbeitet?«

»Einundzwanzig Jahre, bis zu seinem Tod. Ich hab dann seine Hähne übernommen, Papa hat sie mir in seinem Testament vermacht. Ein Vermögen!«

»War 'n prima Kerl, der Papa, oder?«

»Ein Scheißkerl war er, aber er hatte was übrig für Hähne. Dafür brauchte er mich, verstehst du?«

»Und warum war er ein Scheißkerl?«

Toribio antwortete nicht sogleich. Er schien nachzudenken. El Conde versuchte sich vorzustellen, wie sein hundertjähriges Hirn funktionierte, ein Hirn vom Ende des neunzehnten Jahrhunderts, vor dem Zeitalter von Computer, Kino, Flugzeug und Kugelschreiber.

»Einmal ist er wütend geworden und hat einem Hahn den Kopf abgerissen, weil der während des Trainings von einem Kampfplatz der Finca verduftet ist. Da bin ich ausgerastet, und wir haben uns geprügelt. Ich hab ordentlich was abgekriegt, er aber auch. Ich hab ihn angeschrien, er könne sich seine Hähne in den Arsch stecken, er wär ein Verbrecher. So was macht man einfach nicht mit einem Kampfhahn.«

»Aber wenn die Hähne sich bei so einem Kampf töten, sich die Augen aushacken ... Viele opfern ihre Hähne, wenn sie geblendet sind.«

»Das ist was anderes. Kampf ist Kampf, da geht es Hahn gegen Hahn. Ein Tier opfern, damit es nicht leiden muss, ist eine Sache. Es töten, weil man sich geärgert hat, ist was anderes.«

»Das ist wahr … Und was geschah danach?«

»Er hat mir einen Brief geschrieben und sich bei mir entschuldigt. Dabei hat er vergessen, dass ich nicht lesen konnte, so gedankenlos war er … Ich hab ihm verziehen, und er hat einen Lehrer engagiert, der mir Lesen und Schreiben beigebracht hat. Aber 'n Scheißkerl war er trotzdem.«

Lächelnd zündete Mario sich eine Zigarette an. »Wie sind Sie eigentlich zu dem Spitznamen ›der Geschorene‹ gekommen?«

»Den haben mir Kampfhahntrainer verpasst, als ich noch ein Junge war. Einmal hat man mir die Haare rasiert, mit so 'ner Maschine zum Pferdescheren, wo die Haare ganz kurz werden und stehen. Und da hat einer von denen gesagt: Guckt euch den an, sieht aus wie 'n geschorener Hahn! Von da an hieß ich immer ›der Geschorene‹, bis heute. Hab ja auch mein ganzes Leben mit Hähnen verbracht …«

»Mein Großvater hatte großen Respekt vor Ihnen.«

»Rufino gehörte zu den Besten. Nur geschummelt hat er wie eine Sau, konnte einfach nicht verlieren.«

»Er hat immer gesagt, wenn man wettet, muss man sicher sein, dass man gewinnt.«

»Deswegen hat er seine Hähne nie gegen meine antreten lassen! Ich wusste, wie er seine Tiere präpariert. Er hat sich den Hals mit Vaseline eingeschmiert, und wenn die Hähne gebadet und gewogen wurden, hat er sich den Hals gerieben, so als täte er ihm weh. Dann hat er die Hähne genommen, und die waren danach so glatt wie Seife. Der verdammte Betrüger!«

El Conde musste wieder lächeln. Er liebte diese alten Geschichten über seinen Großvater. Sie versetzten ihn ins Niemandsland seiner Erinnerungen zurück, in die verlorene Welt seiner Kindheit, die dem Glück sehr nahe kam.

»Und Hemingway, kannte der sich mit Kampfhähnen aus?«

»Klar kannte der sich aus ... Hab ihm ja alles beigebracht.« Toribio versuchte sein Skelett im Schaukelstuhl bequem zurechtzurücken. »Und wie der sich auskannte ... Bevor er aus Kuba fortgegangen ist, um sich das Leben zu nehmen, hat er zu mir gesagt: Wenn ich das Buch über den Stierkampf fertig hab, schreib ich eins über Hahnenkämpfe. Die Geschichten werden von unseren besten Hähnen handeln, und du wirst die Hauptrolle darin spielen.«

»Wär ein schönes Buch geworden.«

»Ein schönes Buch, mit Sicherheit«, pflichtete der Alte ihm bei.

»Hat er auch gewettet?«

»Und wie! Sein ganzes Leben war eine Wette. Pferderennen, Hahnenkämpfe, alles ... Und Glück hatte er, das alte Schlitzohr! Hat fast immer gewonnen. Aber danach hat er sich volllaufen lassen und den ganzen Gewinn versoffen ... oder verschenkt. Geld war ihm nicht wichtig, nur Hahnenkämpfe haben ihn interessiert. War ganz besessen von Hähnen, von ihrem Mut. Wenn einem Hahn mit zwei Sporentritten die Augen rausgerissen wurden und er blind weiterkämpfte, ohne seinen Gegner zu sehen, das hat ihn fasziniert. Da ist er fast verrückt geworden vor Aufregung.«

»Seltsamer Typ, was?«

»Scheißkerl, wie gesagt. Hatte den Teufel im Leib, wenn du

mich fragst. Deswegen hat er auch so viel gesoffen … Um den Teufel auszutreiben.«

»Ganz sicher, ja. Und Sie haben auf der Finca gelebt?«

»Nein. Keiner von denen, die für ihn gearbeitet haben, hat auf der Finca gelebt. Nicht mal Raúl, der immer um ihn rum war, wie Papas Schatten. Außer Ruperto und mir waren alle aus der Gegend, aus San Francisco de Paula. Raúl hat ganz in der Nähe gewohnt, sozusagen gleich hinter der Finca.«

»Und nachts ist er alleine auf dem riesigen Grundstück geblieben?«

»Na ja, nicht ganz alleine, die Frau war ja bei ihm. Und fast immer waren Gäste da. Nur zum Schluss, als Papa alt wurde, da hat Miss Mary zu Calixto gesagt, er soll als Wache dableiben, am Haupttor oder bei den Garagen.«

»Als Wache? Ich dachte, Hemingway hat seinen Rundgang immer selbst gemacht, bevor er ins Bett ging.«

»Nur wenn er nicht zu viel getrunken hatte. Miss Mary konnte jedenfalls ruhiger schlafen, wenn ein Wachposten da war.«

El Conde hatte das Gefühl, dass irgendetwas an dem Bild nicht stimmte. Dieser Wachposten, den bisher niemand erwähnt hatte, machte alles komplizierter. Vielleicht ließ das Gedächtnis den Geschorenen im Stich. Er bohrte nach: »Und wer hat in den letzten Jahren die Wache übernommen?«

Toribios Augenlider schoben sich ein wenig höher. Der Greis versuchte sein Gegenüber zu fixieren. Eine übermenschliche Anstrengung.

»Bist du Polizist oder so was?«

»Nein, nein, ich bin kein Polizist. Ich bin Schriftsteller.«

»Scheiße, du siehst aus wie 'n dreckiger Bulle. Die hab ich nämlich so gerne wie 'n Tritt in den Arsch. Kann sie nicht ausstehen.«

»Ich auch nicht«, versicherte El Conde, was der Wahrheit sehr nahe kam und ihm deshalb keine große Mühe bereitete.

»Dein Glück! Weißt du, ich war drei Tage im Knast wegen einem Bullen, der mich beim illegalen Hahnenkampf erwischt hat. Der alte Wichser ... Als wenn's keine Polizeioffiziere gäbe, die nach wie vor Hähne gegeneinander kämpfen lassen. Aber sag mal, wonach hast du mich noch gleich gefragt?«

»Nach den Wachen auf der Finca Vigía. Wer hat die in den letzten Jahren übernommen?«

»Na ja, ganz zum Schluss, als sie weg waren und Papa sich dann umgebracht hat, da hat's Iznaga übernommen, Raúls Cousin, ein Riese von einem Neger. Vorher hat Calixto immer seine Runden gemacht, der war sowieso für alles zuständig. Bis zu dem Tag, als er verschwunden ist.«

»Die Leute haben's ziemlich lange auf der Finca ausgehalten, was?«

»Klar haben die 's lange ausgehalten! Papa hat sie ja auch gut bezahlt, sehr gut sogar. Da wollte keiner weg. Wir haben mal nachgezählt, er hat bis zu dreißig Personen Arbeit und Brot gegeben.«

»Und warum ist Calixto gegangen?«

»Warum, weiß ich nicht. Wie, ja. Einmal haben die beiden sich abends im Turm unterhalten, er und Papa, stundenlang, im obersten Stockwerk. So als wollten sie, dass sie keiner hört. Und danach ist Calixto verschwunden. Ist sogar aus San Francisco fortgezogen. Irgendwas muss zwischen ihnen vorgefallen sein, was Ernstes. Schließlich kannten sie sich seit Jahr und Tag, schon aus der Zeit, bevor Calixto einen umgebracht hat und dafür in den Bau gewandert ist.«

El Conde verspürte einen Schauder, wie er ihn seit seiner Zeit als Polizist nicht mehr verspürt hatte. Ob das stimmt: Einmal Polizist – immer Polizist?, fragte er sich. Und er kannte die Antwort: Weder Polizisten noch Mörder, weder Schwule noch Scheißkerle, weder Arschlöcher noch Arschficker können sich jemals als »ehemalig« bezeichnen.

»Wie war das eigentlich mit dem Mann, den Calixto umgebracht hat, Toribio?«

Der Greis schluckte ausgiebig und rieb sich die Hände. »Genau weiß ich das nicht«, sagte er schließlich. »Calixto tat immer so geheimnisvoll, und sein Charakter … Es hatte eine Schlägerei in einer Hafenkneipe gegeben, so viel ist sicher, und dabei hat er einen Mann getötet. Er ist für fünfzehn Jahre in den Bau gewandert, und als er wieder rauskam, hat Papa ihm Arbeit gegeben, weil er ihn ja von früher her kannte.«

»Und was ist aus Calixto geworden, später, nachdem er die Finca verlassen hatte?«

»Hab ihn nie wieder gesehen. Ruperto, der Kapitän der *Pilar*, der war öfter mal in Havanna, und ich glaub, er hat mal was von Calixto erzählt. Aber so genau kann ich mich nicht mehr daran erinnern.«

»Ruperto lebt noch, oder?«

»Ja, der ist rund fünfzehn Jahre neuer als ich. Calixto war älter … Tja …«

Toribio verstummte. El Conde wartete. Von so vielen Toten zu sprechen musste für den Greis nicht gerade angenehm sein. El Conde sah in seine gedankenverlorenen Augen und beschloss, zum Angriff überzugehen. »Auf der Finca Vigía, Toribio, haben Sie da mal was von einem FBI-Agenten gehört, so rein zufällig?«

Der Alte blinzelte. »Einem was?«

»Von einem nordamerikanischen Polizisten, einem Agenten des FBI.«

»Des Ef-Be-I, ach so … Nein, von so einem hab ich nie was gehört, soweit ich mich erinnern kann … Nein.«

»Wo genau auf der Finca befand sich eigentlich der Hahnenkampfplatz?«

»Etwas unter dem Haus, zwischen der Auffahrt und den Garagen. Direkt neben einem Mangobaum.«

»Einem alten Mangobaum, mit blassgelben Früchten?«

»Ja, genau.«

»In der Nähe des Brunnens?«

»So ungefähr.«

El Conde unterdrückte seine Freude. Er hatte einfach so ins Blaue geschossen und unerwartet ins Schwarze getroffen.

»Und Sie, Toribio, warum haben Sie Hemingway ›Papa‹ genannt? Wo er doch so ein Scheißkerl war, meine ich …«

Der Alte lächelte. Sein fast schwarzes Zahnfleisch hatte weiße Flecken. »Er war der verrückteste Kerl der Welt. Hat in den Garten gepinkelt und gefurzt, wo er ging und stand. Manchmal hat er sich hingestellt und so getan, als würde er nachdenken. Und dann hat er angefangen zu popeln, hat sich die Popel mit dem Finger aus der Nase gezogen und Kügelchen gemacht … Er konnte es nicht leiden, wenn man ihn mit ›Señor‹ anredete. Und gezahlt hat er besser als alle anderen reichen Amerikaner, aber man musste ihn ›Papa‹ nennen. Ich bin für alle der Papa, hat er immer gesagt.«

»Hat er Ihnen auch manchmal einen Gefallen getan?«

»Einen Gefallen? Nein. Ich hab für ihn gearbeitet, gut gearbeitet, und er hat mich gut bezahlt. So war das. Er hat gesagt, er wär der beste Schriftsteller der Welt, und deshalb wär der beste Kampfhahntrainer der Welt für ihn gerade gut genug. Deswegen hat er sich bei mir auch entschuldigt, damals, nach unserer Prügelei.«

»Wer von Ihnen allen hat Papa am nächsten gestanden?«

»Raúl, ganz klar. Wenn Papa von ihm verlangt hätte, wisch mir den Arsch ab, dann hätte Raúl ihm den Arsch abgewischt.«

»Haben Sie sich auf der Finca wohlgefühlt?«

»Nach unserem Streit, ja. Er wusste nun, dass ich ein Mann war, und hat mich respektiert. Außerdem hat man da Sachen zu Gesicht gekriegt, Sachen, die das Leben zu einem Fest machen, wie er immer gesagt hat.«

»Was für Sachen?«

»Ach, viele … Aber etwas werd ich nie vergessen. Das war an dem Morgen, als ich die amerikanische Schauspielerin gesehen hab, eine Freundin von ihm, die alle naselang auf der Finca war …«

»Marlene Dietrich?«

»Keine Ahnung. Eine ganz Junge, Amerikanerin …«

»Ava Gardner?«

»Also, er hat sie ›meine Kleine‹ genannt, und ich ›Spanierin‹. Sie hatte nämlich eine ganz weiße Haut und schwarzes Haar. Und einmal hab ich sie im Swimmingpool gesehen, splitternackt. Sie beide, sie und ihn. Ich hab trockenes Gras gesucht, für ein Legenest. Ich dachte, mich trifft der Schlag. Die Spanierin stellte sich an den Beckenrand und fing an, sich auszuziehen, bis auf den Slip. Und dabei redete sie die ganze Zeit mit Hemingway, der schon im Wasser war. Was für Titten! Und bevor sie ins Wasser sprang, hat sie sich auch noch den Slip ausgezogen. Ein tolles Weib, die Kleine von Papa!«

»Und der Slip war schwarz?«

»Woher weißt du das denn?«, fragte der Greis beinahe ärgerlich.

»Ich bin eben Schriftsteller. Wir Schriftsteller wissen 'ne ganze Menge … Und, sah sie gut aus, Papas Kleine?«

»Gut? Scheiße noch mal, gut ist gar kein Ausdruck! Ein Engel war sie, so wahr ich hier sitze … Eine Haut … Gott möge mir verzeihen, aber ich hab einen Riesenständer gekriegt. Die Spanierin, splitterfasernackt, mit dieser Samthaut und den beiden Quarktaschen, und dann die Muschi, leicht rötlich … Das war zu viel für mich … Als die beiden dann im Wasser anfingen rumzumachen, hab ich mich verdrückt. Das ist wieder 'ne andere Geschichte.«

»Ja, eine ganz andere … Und die Señora?«

»Miss Mary wusste wohl über Papas Eskapaden Bescheid. Einmal hat er sich 'ne kleine italienische Prinzessin auf die Finca geholt. Die hat ihn völlig verrückt gemacht. Hat nicht mehr geschrieben und ist auch nicht mehr mit dem Boot rausgefahren. Keine Hahnenkämpfe mehr, nichts. Den ganzen Tag ist er hinter ihr hergehechelt, wie ’n sabbernder Hund. Und zu uns wurde er immer ruppiger. Aber Miss Mary hat zu allem geschwiegen. Na ja, sie hat ja auch gelebt wie ’ne Königin.«

El Conde zündete sich eine weitere Zigarette an und schloss die Augen. Er versuchte sich Ava Gardners Striptease vorzustellen und merkte, dass seine Knie weich wurden. Bald würde dieses wunderbare Bild für immer verblassen: Hemingway tot, Ava Gardner tot, und Toribio, der Geschorene, so gut wie. Und das schwarze Spitzenhöschen, war das unsterblich?

»Ich muss gehen, Toribio. Aber sagen Sie mir vorher noch eins … Hemingway hat Löwen getötet und alles Mögliche, sogar Hähne. Hatte er auch das Zeug dazu, einen Menschen umzubringen?«

Der Greis rutschte unruhig in seinem Schaukelstuhl hin und her, zwinkerte, versuchte wieder, den Mann vor sich zu fixieren. »Hör mal zu, du bist vielleicht ein Schriftsteller, aber ’n Polizist bist du auch. Erzähl mir keinen Scheiß! Aber ich will’s dir trotzdem sagen: Nein, ich glaube nicht, ’ne große Klappe hat er gehabt, das ja, rumgeprotzt hat er mit seinen Trophäen, ’n Großkotz war er, damit die Leute meinten, er wär ’n toller Hecht.«

»Aber ’n Scheißkerl war er auch, stimmt’s?«

»Das war er wirklich. Einer, der einem Kampfhahn den Kopf abreißt, einfach so, nur weil er wütend ist, der muss ’n verdammter Scheißkerl sein. Keine Frage.«

Er schulterte die Thompson, bezwang die Steifheit seiner Glieder und hockte sich hin, um es aufzuheben. Er ahnte sogleich, was es war, richtete jedoch den Strahl der Taschenlampe auf das silbern glänzende Blech, an dem noch ein Fetzen Leder hing. Das Wappen, die Ziffern und die drei Buchstaben leuchteten. Wie ein durch den Geruch der Gefahr gewarntes Tier blickte er um sich. Er erinnerte sich an das, was Raúl über die Nervosität von Black Dog gesagt hatte. War ein FBI-Agent hier gewesen? Wie sonst konnte die Blechmarke an diesen Ort gelangen, so nah beim Haus, so weit weg vom Eingang? Wurde er von diesen Arschlöchern überwacht? Seit dem Spanischen Bürgerkrieg und der Jagd auf Nazi-U-Boote stand er bei ihnen auf der schwarzen Liste, das wusste er. Und er wusste auch, dass Edgar Hoover während der Säuberungen der McCarthy-Ära versucht hatte, ihn vors Tribunal zu zerren. Irgendjemand musste das verhindert haben, denn es erschien den USA wohl ratsam, einen amerikanischen Helden wie ihn aus der Kommunistenjagd herauszuhalten. Auf jeden Fall aber war ihm diese Blechmarke auf seinem Grundstück eine Warnung. Wovor?

Er hob den Blick und sah in der Ferne die Lichter Havannas, die bis zum Ozean reichten, einem dunklen Fleck ohne Horizont. Havanna war eine unermessliche, unergründliche Stadt, die tapfer mit dem Rücken zum Meer lebte. Von ihr kannte er lediglich ein paar wenige, vielleicht die am wenigsten authentischen Facetten. Er wusste etwas über ihr Elend und ihren Luxus, viel über ihre Bars und ihre Hahnenkampfplätze, einiges über ihre Fischer und ihr Meer, weniges, nur das Offensichtliche, über ihren Schmerz und ihre Eitelkeit. Mehr nicht, trotz der vielen Jahre, die er in ihrer Nähe gelebt hatte. Es war immer dasselbe: Nie schaffte er es, die Zuneigung derer, die ihn wirklich liebten, zu schätzen und, noch weniger, zu erwidern. Seine alte, elende Schwäche, die nichts mit seinen Attitüden zu tun hatte und sich nicht auf bestimmte Personen beschränkte. Er pflegte es dem verschlossenen, barschen Wesen seiner Eltern zuzuschreiben, jenen unbekannten alten Leuten mit ihrem hinter heuchlerischem Puritanismus verschanzten Leben, die er nie hatte lieben können und die seine Fähigkeit, auf eine einfache, natürliche Art Liebe zu empfinden, für immer zerstört hatten.

Black Dogs Bellen zerschnitt den Faden seiner Gedanken. Der Hund stand unten am abschüssigen Teil der Finca, der gleich neben dem Swimmingpool begann, und hörte gar nicht mehr auf zu bellen. Die beiden anderen Hunde am Haupttor stimmten in das Konzert ein. Den Blick fest auf die Einzäunung des Anwesens gerichtet, steckte er die Blechmarke in die Tasche seiner Bermudashorts und nahm die Maschinenpistole wieder in die Hand. »Komm her und hol dir deine Marke ab, du Wichser, ich mach dich fertig«, murmelte er und stieg den Abhang hinunter. Er pfiff Black Dog zurück, das Bellen hörte auf, und das Tier kam schwanzwedelnd, aber noch knurrend zu ihm.

»Was ist los, Alter, hast du ihn gesehen?«, fragte er den Hund, während er sich das niedergetretene Gras zu beiden Seiten des Zauns ansah. »Ich weiß ja, du bist ein wachsamer Hund, ein ganz wilder … Aber ich glaub, jetzt ist niemand mehr da. Der Wichser hat sich aus dem Staub gemacht. Los, gehen wir zu Calixto.«

Er ging zum Swimmingpool zurück und nahm den Pfad, der zwischen den Kasuarinen auf den Hauptweg der Finca führte.

So sparte er sich den Umweg, den die Autos machen mussten. Hier unter den stolzen, edlen Bäumen fühlte er sich wohl. Und sicher. Sie waren wie alte, treue Freunde. Sie kannten sich seit 1941, seit dem Tag, als er und Martha zum ersten Mal auf die Finca gekommen waren und er beschlossen hatte, sie zu erwerben, überzeugt davon, dass Havanna ein geeigneter Ort war, um zu schreiben. Vigía war weit weg von der Stadt und doch nah genug, ein guter, ja der ideale Platz dafür. Und so war es tatsächlich. Deswegen hatte er sich so große Sorgen um das Schicksal der Kasuarinen gemacht, als er 1944 in der Normandie an Land gegangen und ein verheerender Hurrikan über Havanna hinweggefegt war. Erst als er im Jahr darauf zurückgekehrt war und feststellen konnte, dass fast alle seine stummen Kameraden noch standen, hatte er aufgeatmet. Dieser Ort, der sich so gut zum Schreiben eignete, war auch ein guter Ort zum Sterben, wenn die Stunde kam. Aber ohne ihre Bäume war die Finca nichts wert.

Er dachte wieder an den Tod, und das lenkte ihn von seinem Fund ab. Ihm fiel ein, dass er ja schon diese einzigartige Erfahrung gemacht hatte. Für den Rest der Welt war er gestorben, als das Flugzeug während seiner zweiten Afrika-Safari in der Nähe des Viktoriasees zerschellte. Wie die Figur in Molières Theaterstück hatte er damals die Gelegenheit gehabt, zu erfahren, was einige seiner Bekannten von ihm hielten. Es war alles andere als angenehm gewesen, die Artikel in all den Zeitungen zu lesen und festzustellen, dass viel mehr Menschen als angenommen ihn nicht mochten. Doch er hatte jene bösartigen Nachrufe als unvermeidlichen Ausdruck der uralten menschlichen Schwäche hingenommen, einem anderen den Erfolg nicht zu verzeihen. Letztlich aber hatte dieser vermeintliche Tod ihm ein Gefühl von Freiheit gegeben, das ihn bis zu seinem wirklichen Tod begleiten sollte. Die Frage aber, auf welche Art er dereinst sterben würde, war ihm nun eine Obsession geworden. Den Zeitpunkt, jung und heroisch zu sterben, hatte er verpasst. Und sein angeschlagener Körper begann ihm den Dienst zu versagen. Er hatte Mühe zu urinieren, sah schlecht und hörte noch schlechter. Er vergaß Dinge, die er sich für immer eingeprägt zu haben glaubte. Sein Blutdruck machte ihm zu schaffen. Er musste Diät halten und auf Alkohol fast völlig verzichten. Und seine alten Halsbeschwerden quälten ihn so unerbittlich wie nie … Letzten Endes würde der Tod ihn von all den Einschränkungen, Verboten und Schmerzen befreien. Aber etwas machte ihm zu schaffen: Eine Arbeit unerledigt liegen zu lassen, das war gegen seine Art. Deswegen musste er noch einmal einen Stierkampf sehen, um die Überarbeitung von *Tod am Nachmittag* beenden zu können. Und er wollte *Inseln im Strom* noch einmal durchsehen und die verdammte Geschichte von *Der Garten Eden* fertig schreiben, die unvollendet und diffus geblieben war. Dann war da noch der Plan, wieder einmal die Inselgruppen vor der kubanischen Nordküste zu befahren, bis hinauf nach Bimini, dann zurück zum Cayo Hueso, begleitet von seinen Saufkumpanen und vielen Flaschen Rum und Whisky. Und er spielte mit dem Gedanken, ein letztes Mal in Afrika auf Safari zu gehen; und warum nicht einen Herbst in Paris verbringen? Zu viele Pläne vielleicht. Außerdem musste er, bevor der Tod kam, entscheiden, ob er *Paris – Ein Fest fürs Leben* endgültig den Flammen übergeben sollte oder nicht. Ein wunderschönes, ehrliches Buch, in dem er aber zu offen über gewisse Dinge sprach, an die man sich auf ewig erinnern würde. Ein unbestimmtes Gefühl hatte ihn veranlasst, das Manuskript wegzuschließen, in der Hoffnung, eine plötzliche Erleuchtung werde irgendwann über dessen weiteres Schicksal – Druckerpresse oder Feuer – entscheiden.

Kitty Cannell, eine Freundin von Hadley, seiner ersten Frau, hatte es ihm einmal offen ins Gesicht gesagt: Sein Talent, auf jeden loszugehen, der ihm helfe, kotze sie an, hatte sie ihn angeschrien, seine Rachsucht, sein Egoismus, seine Boshaftigkeit, seine Grausamkeit. Wahrscheinlich hatte Kitty recht. Um die Zeit in Paris heraufzubeschwören, die Jahre des Hungers und der Arbeit und des Glücks, dazu hätte er nicht so über Gertrude Stein herziehen müssen, obwohl die heimtückische Alte es verdiente, dieses Mannweib. Und schon gar nicht über den armen Scott, auch wenn der ihm mit seiner Zerbrechlichkeit auf die Nerven gegangen war, mit seiner Unfähigkeit, sich wie ein Mann zu benehmen, mit seiner ständigen Angst vor den abfälligen Bemerkungen von Zelda Fitzgerald, dieser unzurechnungsfähigen Vogelscheuche, über die Größe seines Penis. Und warum er über die alte Dorothy Parker, den längst vergessenen Louis Bloomfield und den bescheuerten Ford Madox Ford hergefallen war, wusste er selbst nicht mehr so genau. Nur gut, dass er sich die Geschichte über das Ende seiner Freundschaft mit Sherwood Anderson verkniffen hatte, nachdem dieser ihm die Briefe, Referenzen und Adressen hatte zukommen lassen, die ihm all die Türen zum Paris der Nachkriegszeit geöffnet hatten. Jene bösartige Parodie über den Altmeister geschrieben zu haben, nur um sich Andersons Verleger, mit denen er die Veröffentlichung seiner weiteren Bücher vereinbart hatte, vom Halse zu schaffen, das war schäbig von ihm gewesen, allerdings gut bezahlt von seinen neuen Verlegern. Die Wunde, die er einem Menschen, der sich ihm gegenüber anständig und selbstlos verhalten hatte, hinterrücks zugefügt hatte, konnte auch durch seine Verfügung, dass *Die Sturmfluten des Frühlings* nicht wieder aufgelegt werden dürfe, nicht geheilt werden.

Zehn Jahre zuvor hatte es Aufsehen erregt, dass er seine Ernennung zum Mitglied der Amerikanischen Akademie der Künste ablehnte. Was wurde nicht alles geschrieben: Der Widerspruchsgeist des ewigen Bilderstürmers … Das natürliche Leben und Schreiben fernab von Akademien und Literaturzirkeln, hin und her pendelnd zwischen einer Finca bei Havanna und dem Krieg in Europa. Das rettete ihn vor dem Scheiterhaufen McCarthys, auf dem ihn das FBI und dessen Chef, der Schrecken verbreitende Edgar Hoover, gern gesehen hätten. Niemand jedoch konnte sich vorstellen, dass die Verweigerung gegenüber dem Literaturbetrieb auf seine Unfähigkeit zurückzuführen war, sich mit anderen Schriftstellern auszutauschen und Männer wie Faulkner oder Dos Passos neben sich zu ertragen. Der selbstgefällige Patriarch der Südstaaten hatte ihn schonungslos attackiert und ihn an seiner empfindlichsten Stelle getroffen, indem er ihn als Feigling titulierte. Geschliffen und bösartig zugleich hatte er ihn als »den am wenigsten gescheiterten aller modernen amerikanischen Schriftsteller« bezeichnet; doch der Grund für sein »geringeres Scheitern« sei seine »umso größere künstlerische Feigheit«, hatte er geurteilt. Er, der die amerikanische Sprache von all ihrem euphemistischen Brimborium befreit hatte und von »Eiern« sprach, wenn »Eier« gemeint waren? Und Dos Passos' Feigheit, warum erwähnte Faulkner die nicht? Aus Spanien zu fliehen und die republikanischen Reihen im Stich zu lassen, als die gemeinsame Sache ihn am nötigsten gebraucht hätte – gab es größere Feigheit in einer Situation, in der sich ein Mann beweisen kann und muss: im Krieg? Das Leben eines Einzelnen über die Interessen eines ganzen Volkes zu stellen, war unverzeihlich und dumm, genauso wie die Behauptung, der Tod des Übersetzers Robles sei dem langen Arm Stalins zuzuschreiben. Sicher, Stalin hatte die Revolution an sich gerissen, hatte am Ende mit den Nazis paktiert, hatte Finnland und einen Teil Polens überfallen, Generäle und Schriftsteller ermorden lassen und jeden, der sich seinen Absichten widersetzte, nach Sibirien geschickt. Und angeblich, wie die Faschisten behaupteten, hatte er sich den Goldschatz Spaniens angeeignet und all das Geld, das Unzählige – wie er selbst – auf der ganzen Welt für die Spanische Republik gesammelt hatten. Aber einen unbedeutenden Übersetzer wie Robles ermorden lassen? Die Verschwörungstheorien jener Schriftsteller widerten ihn an, und deswegen hatte er lieber die Gesellschaft einfacher, echter Menschen gesucht: Fischer, Jäger, Toreros, Guerilleros, die wirklich wussten, was Mut und Tapferkeit war. Außerdem hielt ihn irgendetwas in seinem Innern davon ab, sich ernsthaft mit denen zu versöhnen, die einmal seine Freunde gewesen waren und später aufgehört hatten, es zu sein. Er hatte es wirklich versucht, aber weder sein Verstand noch sein Herz ließen es zu, und diese Unfähigkeit zur Versöhnung war wie eine Strafe für seine

Selbstgefälligkeit und seinen machistischen Fundamentalismus in so vielen Dingen des Lebens.

Wie dem auch sei, er duldete in seiner Nähe weder Schriftsteller noch Politiker. Und er weigerte sich immer konsequenter, über Literatur zu sprechen. Wenn ihn jemand nach seiner Arbeit fragte, antwortete er nur: »Sie geht voran«, oder höchstens: »Heute habe ich vierhundert Wörter geschrieben.« Alles andere war seiner Meinung nach sinnlos, denn er wusste, je mehr man beim Schreiben eigene Wege geht, umso einsamer wird man. Und am Ende begreift man, dass man diese Einsamkeit verteidigen muss. Reden über Literatur ist verlorene Zeit, und je einsamer man ist, desto besser. Denn die Zeit zum Arbeiten wird immer kürzer. Wer sie vergeudet, versündigt sich. Dafür gibt es keine Entschuldigung.

Aus diesem Grund hatte er sich auch geweigert, nach Stockholm zu reisen, um an einer so veralteten, abgeschmackten Zeremonie wie der Verleihung des Nobelpreises teilzunehmen. Leider wurde dieser Preis verliehen, ohne dass man sich darum beworben hatte, und ihn nicht anzunehmen, konnte als geschmacklose Übertreibung gewertet werden. Doch genau das hätte er gerne getan, denn abgesehen von den höchst willkommenen sechsunddreißigtausend Dollar maß er einer solchen Auszeichnung, mit der sich Leute wie Sinclair Lewis und William Faulkner brüsten konnten, keine übermäßige Bedeutung bei. Wenn er abgelehnt hätte, hätte sein Nimbus als Rebell den Gipfelpunkt erreicht. Die einzige Befriedigung bestand darin, jene Autoren aufzuzählen, die den Preis nicht bekommen hatten: Wolfe, Dos Passos, Caldwell, der arme Scott, die lesbische

Carson McCullers, die glaubte, ihre sexuelle Neigung durch das Tragen einer Baseballkappe demonstrieren zu müssen. Natürlich war es eine gewisse Genugtuung, dass man als Schriftsteller bestätigt wurde. Aber sich einen Frack zu kaufen und um die halbe Welt zu reisen, nur um eine Rede zu halten, nein, das ging zu weit, das konnte er sich nicht antun. Er schob gesundheitliche Probleme vor, die ihn seit den Flugzeugabstürzen in Afrika plagten, und als er den Scheck und die Goldmedaille mit dem Bildnis Nobels erhielt, bezahlte er seine Schulden, ließ Ezra Pound, der soeben aus der Irrenanstalt entlassen worden war, etwas Geld zukommen und übergab die Medaille einem kubanischen Journalisten, der sie in der Kapelle der Barmherzigen Jungfrau von Cobre niederlegte. Eine schöne, öffentlichkeitswirksame Geste, die sein Verhältnis zu den so lesewütigen und sentimentalen Kubanern und auch zum Jenseits mit einem Schlag verbesserte.

»Ein gelungener Coup, was, Black Dog?«, erinnerte er sich.

Der Hund wedelte mit dem Schwanz, sah aber nicht zu ihm auf. Er nahm seine Rolle als ausgezeichneter Wachhund sehr ernst. Seine ganze Aufmerksamkeit richtete sich jetzt auf eine Schleiereule, die von den Höhen einer Königspalme herab ihre Schreie in die Nacht stieß. Den Kubanern galt sie als Unheil verkündender Vogel. Der Schriftsteller bedauerte, dass er zu spät gekommen war. Mit einer Garbe aus seiner Thompson hätte er sämtliche Vorzeichen, vor allem die unheilvollen, hinwegfegen und sich vielleicht sogar den Eindringling des FBI vom Hals schaffen können. Was hatten diese Arschlöcher hier überhaupt zu suchen?

Noch auf dem von Bäumen überdachten Pfad konnte man die Musik hören. Auf seinen Nachtwachen hatte Calixto stets die beiden Hunde der Finca sowie ein Radio dabei. Hemingway verstand nicht, wie sich die Kubaner stundenlang die Zeit mit Musikhören vertreiben konnten, insbesondere mit diesen tränenreichen Boleros und den mexikanischen Rancheras, die Calixto so sehr liebte. Ehrlich gesagt, es gab vieles hier in Kuba, was er nicht verstand.

Er sah sie, als sie bereits am Beckenrand stand. Sie trug einen leichten geblümten Bademantel, das offene Haar fiel ihr bis auf die Schultern. Die Haare der Frau kamen ihm heller vor, als er sie in Erinnerung hatte. Die makellose Schönheit ihres Gesichts faszinierte ihn. Sie sagte etwas, das er nicht verstand, vielleicht wegen des planschenden Geräuschs, das seine Arme machten. Er bewegte sie, um sich über Wasser zu halten, sie kamen ihm schwer und fremd vor, fast so, als gehörten sie nicht ihm, sondern jemand anderem. Sie streifte den Bademantel ab. Darunter trug sie keinen Badeanzug, sondern Büstenhalter und Höschen, beides schwarz und mit enthüllenden Spitzen besetzt. Die Körbchen des Büstenhalters waren aufreizend durchsichtig, durch die Spitzen hindurch konnte er ihre rosigen Brustwarzen erkennen. Prompt bekam er eine Erektion, die ihn überraschte. So etwas war ihm schon lange nicht mehr passiert, jedenfalls nicht so plötzlich und nicht so steif. Das Gefühl kraftvoller Potenz war beglückend. Sie sah ihn an und bewegte die Lippen, doch er konnte wieder nicht hören, was sie sagte. Seine Arme waren ihm nicht mehr schwer, jetzt konzentrierte er sich auf die Bewegungen der Frau und auf die Schwellung seines Gliedes, das, da er nackt schwamm, direkt aufs Ziel gerichtet war wie ein angriffslustiger Schwertfisch. Sie fasste mit beiden Händen nach hinten auf den Rücken und löste mit bewundernswertem weiblichem Geschick die Häkchen des Büstenhalters. Im nächsten Moment waren ihre Brüste nackt. Sie waren rund und voll, die Brustwarzen dunkelrosa. Sein freudig erregter Penis gierte danach, bald tätig zu werden. Er versuchte der Frau etwas zuzurufen, doch irgendetwas hinderte ihn daran. Immerhin gelang es ihm schließlich, den Blick von ihren Brüsten loszureißen und ihn auf die noch erregendere dunkle Stelle zu richten, die man durch das schwarze Netz des Höschens erahnen konnte. Ihre Hände waren bereits an den Hüften, ihre Finger begannen den duftigen Stoff nach unten zu ziehen, schon lugten die Schamhaare hervor, tiefschwarz, schimmernd, der Kamm eines Haarwirbels, der in ihrem Bauchnabel begann und zwischen ihren Beinen explodierte. Mehr sah er nicht. Trotz seiner Bemühungen, sich zurückzuhalten, floss es aus ihm heraus, stoßweise, er spürte die Wärme des Spermas und nahm den süßlichen Geruch einer trügerischen Freude wahr.

»Oh, Scheiße«, murmelte er, und ein unerwartet klares Bewusstsein sagte ihm, dass all sein Bemühen zwecklos sein würde. Also ließ er die üppigen Reste seiner Geilheit aus sich herausrinnen. Schließlich öffnete er die Augen und sah an die Zimmerdecke. Auf seiner Netzhaut hielt sich das Bild der nackten Ava Gardner in dem Moment, als sie ihren Venushügel zu entblößen begann. Träge betastete er das Resultat der Reise in den Himmel der Begierde, berührte das noch harte, von der Lava seines Ausbruchs bedeckte Glied und ließ zur Vollendung der Befriedigung seine vom Lebenssaft benetzten Finger über die gespannte Haut des Penis gleiten, der sich, dankbar wie ein Straßenköter, aufbäumte und noch ein paar Spritzer in die Luft spie.

»Oh, Scheiße«, sagte er wieder, jetzt entspannt lächelnd. Der Traum war so lebensnah und erfüllend gewesen wie ein richtiger gelungener Liebesakt. Es gab nichts zu bedauern, nur, dass alles so schnell vorbei war. Gerne hätte er die Privatorgie noch ein wenig fortgesetzt, um zu erfahren, wie es war, Ava Gardner zu ficken, im Stehen, am Beckenrand eines Swimmingpools, und sie in sein Ohr flüstern zu hören: »Mach weiter, Papa, ja, mach weiter«, während seine Hände ihre Pobacken gepackt hielten und einer seiner Finger, der wildeste und kühnste, durch die Hintertür in jenes verwunschene Schloss eindrang.

Der Schlaf hatte ihn nach dem Duschen überrascht. Er war entschlossen, der Geschichte mit der Leiche auf Hemingways Finca auf den Grund zu gehen, und hatte die x-te Lektüre von *Der Fänger im Roggen*, Salingers untergründigem, unauslotbarem Roman, der seit mehreren Jahren seine Intelligenz herausforderte und seinen Schriftstellerneid erweckte, vertagt und noch einmal eine alte Hemingway-Biografie in die Hand genommen, die er auf seinen Streifzügen durch Havannas Antiquariate erworben hatte. Mit dem Buch unterm Arm hatte er alle Fenster geöffnet, den Ventilator angestellt und sich nackt aufs Bett gelegt. Als er das Laken unter seinem Hintern spürte, überfiel ihn die Erinnerung an die nun schon zu lange abwesende Tamara und verwandelte seinen Hodensack in eine verschrumpelte Frucht. Er war hin und her gerissen zwischen dem wachsenden Verlangen, wieder mit ihr zu schlafen, und der Angst, es nie mehr tun zu können. Die Angst blieb Sieger. Wenn Tamara nun nicht mehr zurückkehrte? Der bloße Gedanke daran, die einzige Frau zu verlieren, die er nicht verlieren wollte, machte ihn krank. Er hatte schon zu viele Verluste erlitten, um diesen neuen auch noch wegstecken zu können. Mach doch keinen Scheiß, Tamara, tu mir das nicht an, sagte er laut und schlug das Buch auf. Er wollte die letzten Jahre des Schriftstellers nachempfinden, nachleben, sich in dessen Ängste und Obsessionen hineinversetzen, die Motive ergründen, die ihn dazu getrieben hatten, sich den Lauf des Jagdgewehrs in den Mund zu schieben. Doch kaum hatte er fünfzehn Seiten gelesen, überkam ihn eine bleierne Müdigkeit. Der Schlaf übermannte ihn, als wolle er ihn entschädigen für seine erzwungene Abstinenz und die quälenden Gedanken an Ava Gardners schwarzen Slip, der ihm entgangen war.

Das Ergebnis war so verheerend, dass er noch einmal unter die Dusche musste. Das kalte Wasser wusch den Schmutz der Begierde ab und machte ihm bewusst, was er vor dem Einschlafen gelesen hatte. Möglicherweise war der zerstörerische Verfolgungswahn, der Hemingways wachen Geist in den letzten Lebensjahren verdunkelt hatte, der Hauptgrund für seinen Selbstmord. Zwei Jahre zuvor hatte er begonnen, sich vom FBI verfolgt und überwacht zu fühlen, was er jedoch darauf zurückzuführen pflegte, dass ihn die Vereinigten Staaten der Steuerflucht verdächtigten. Das aber war so unglaubhaft, dass Manolos These plausibel wurde: Dahinter musste mehr stecken, etwas, das bis jetzt geheim gehalten wurde. Aus einem Bericht des FBI ging hervor, dass es Hemingway bereits seit dem Spanischen Bürgerkrieg auf den Fersen war, vor allem jedoch seit seiner abenteuerlichen Jagd auf deutsche U-Boote während der Geheimoperation *Crook Factory* – »Gaunerfabrik«, wie er die Bande seiner versoffenen Kumpane zu nennen pflegte –, versorgt mit Gratisbenzin, und das in Zeiten der Benzinrationierung. In jenem Bericht waren fünfzehn Seiten geschwärzt, »aus Gründen der nationalen Sicherheit«, wie es hieß. Was wussten das FBI und Hemingway voneinander? Was war das für eine sensationelle Information, die das FBI zur Geheimhaltung zwang und ihm das Gefühl gab, verfolgt und unter Druck gesetzt zu werden? Konnte es da um jene Leiche gehen, die samt Dienstmarke auf dem Grundstück verbuddelt worden war? El Conde hatte mehr und mehr den Eindruck, dass dieses Blech mit den drei Buchstaben ihm vorgab, in welcher Richtung er suchen musste. Doch wollte es nicht so recht in sein Gedankengebäude passen, dass Hemingway ausgerechnet einen Agenten des FBI getötet haben sollte, und das auch noch auf seinem eigenen Grund und Boden.

Nur mit einer Unterhose bekleidet, ging Mario in die Küche, setzte Kaffee auf, zündete sich eine Zigarette an und betrachtete den Umschlag der Biografie, von dem ihn ein noch kräftiger und selbstsicherer Hemingway aus einem Fenster der Finca Vigía ansah. Hast du ihn getötet, oder hast du ihn nicht getötet?, fragte er ihn. Was auch immer der Schriftsteller mit dem Mord zu tun hatte, es schien der Anfang seines grausamen Endes gewesen zu sein. Das Gefühl, vom FBI gehetzt zu werden, dazu vom Unglück, bis hin zum Krebs, verfolgt zu sein, weichte den harten Mann am Ende seines Lebens auf. Wie jeder arme Kerl, der von Psychosen und Depressionen gequält wird, landete er in einer Klinik. Um ihn von seinem angeblichen Wahnsinn und seinen tatsächlichen Obsessionen – mein Gott, fragte sich Mario, was ist ein Schriftsteller ohne seine Obsessionen? – zu heilen, verpasste man ihm dort eine Serie von fünfzehn Elektroschocks, die imstande waren, jedes Gehirn verglühen zu lassen, stopfte ihn bis zur Halskrause mit Antidepressiva und angstlösenden Medikamenten voll, unterwarf ihn einer unmenschlichen Diät und führte so seinen endgültigen grausamen Zusammenbruch herbei. Kein Wunder, dass dieser Mann, der so stolz war auf seine Jagd- und Kriegsverletzungen, bei der ersten Einlieferung in die Mayo-Klinik einen falschen Namen angab. Jener Krankenhausaufenthalt hatte so gar nichts Heldenhaftes an sich, vielmehr zeugte er von einer Zerrüttung, die unweigerlich dazu führen musste, das einzige Kapital des alten Mannes zu vernichten: seine Intelligenz.

Peinlich berührt malte sich Mario dieses Gefühl von Ohnmacht und Hilflosigkeit aus. So macht das keinen Spaß, dachte er. Es kam ihm vor, als boxe er gegen einen Sandsack. So ein lebloser schlaffer Sack konnte so manche Schläge einstecken, doch war er unfähig zum Gegenangriff. Er hätte es lieber mit dem großen und ausfallenden, obszönen und betrunkenen, selbstgefälligen und großkotzigen Amerikaner zu tun gehabt, der sich selbst mit heldenhaften Geschichten hochstilisierte, während er gleichzeitig Geschichten über Verlierer schrieb und Tausende von Dollars damit verdiente, um sich eine Jacht, eine Finca bei Havanna, Safaris in Afrika und Ferien in Paris und Venedig leisten zu können. Mario wollte sich mit dem donnernden Gott messen und nicht mit dem entkräfteten, gedächtnisschwachen Greis, der auf alles verzichten musste, was er im Leben am meisten geliebt hatte, einschließlich Alkohol und Literatur. Gegen so einen kämpft man nicht, schloss El Conde, der auf Grund seiner eigenen Anlagen und Überzeugungen gar nicht anders konnte, als sich mit Schriftstellern, Verrückten und Trinkern zu solidarisieren.

Das Schlimmste war, dass Hemingway die nachlassenden Kräfte seines gequälten Verstandes am Ende darauf richtete, sich die Schuld für seine Fehlschläge und Beschränkungen selbst anzulasten. In den letzten Gesprächen, die er im Vollbesitz seiner geistigen Kräfte führte, zweifelte er so sehr an den von ihm selbst geschaffenen Mythen seines Lebens, dass er seine Verleger bat, in den Klappentexten der Bücher die heroischen Taten und Abenteuer unerwähnt zu lassen. Auch das sexuelle Versagen der letzten Jahre quälte ihn, vor allem als er angesichts der frustrierenden Erfahrung mit Adriana Ivancich erkennen musste, dass die Zeit des Verzichts angebrochen war und es besser war, die jugendlich provozierende rothaarige Valerie Damby-Smith an sich vorbeiziehen zu lassen, ohne zum Angriff überzugehen. Vor allem jedoch bedrückte ihn die Schuld, stets das Leben der Literatur, das Abenteuer der schöpferischen Klausur vorgezogen zu haben. Damit hatte er sein eigenes Ideal der totalen Hingabe an die Kunst verraten. Die Welt feierte ihr omnipräsentes Idol, diesen Mann der Muskeln und Narben, der sich nicht scheute, zwischen Fotomodellen der *Vogue* für eine Gin-Marke zu posieren, der sein Haus in Havanna zu einer Touristenattraktion und zum Landeplatz für Matrosen auf Landgang gemacht hatte. Er sonnte sich in einem falschen, eitlen Ruhm wie ein Star auf immerwährender Safari. Aber war er nicht im Grunde ein Mann, der sich dem Ringen mit dem hartnäckigsten, gegen jede Kugel immunen Feind verschrieben hatte – dem Wort? Zuletzt fehlte dem Champion der Mut, das Leben in jener Welt, die er sich selbst geschaffen hatte, zu ertragen. Letzten Endes war auch er ein Verlierer. Und da fing er an, von Selbstmord zu reden, ausgerechnet er, der es seinem Vater niemals verzieh, dass er sich für den Tod durch eigene Hand entschieden hatte … Der Gaumen! Der Gaumen ist der schwächste Punkt am Kopf. Ein Schuss in den Gaumen kann nicht fehlschlagen. Mit der 256er-Mannlicher im Mund fing er an, seinen eigenen Tod zu inszenieren, ihn öffentlich zu machen, noch bevor er eingetreten war.

In seiner Zeit als Ermittler der Kripozentrale hatte sich El Conde gerne in Fälle wie diesen verbissen, war in sie eingetaucht, bis er keine Luft mehr bekam und fast das Bewusstsein verlor. Fälle, die er sich überstreifte wie eine zweite Haut. Alles in allem war er ein guter Polizist gewesen, trotz seiner Abneigung gegen Waffen, Gewalt und Unterdrückung und gegen die Macht, die durch Angst und die schaurigen Mechanismen des Apparats jeden manipulieren und erledigen kann. Nun aber, das wusste er, war er ein beschissener Privatdetektiv in einem Land, in dem es weder Detektive noch ein Privatleben gab, mit anderen Worten: Er war eine schiefe Metapher in einer schiefen Wirklichkeit. Er war, das musste er zugeben, ein armer Kerl wie unzählige andere, er lebte sein armseliges, illusionsloses, nichtiges, gänzlich unpoetisches Leben wie alle anderen Durchschnittstypen in dieser Stadt. Deswegen bedrückte ihn auch nicht die Gefahr, niemals zur Wahrheit vorzudringen. War es nach so langer Zeit überhaupt noch möglich herauszufinden, ob Hemingway der Mörder war oder nicht? Tief in seinem Innern wusste El Conde, dass er damit nur seinen unverwüstlichen Gerechtigkeitssinn befriedigen wollte. Alles in dieser Geschichte war zu spät gekommen, und er, Mario Conde, war der Letzte, der zu spät gekommen war. Das war das Schlimmste.

Das hartnäckige Bellen schreckte ihn aus den Tiefen seiner Grübelei auf. Er zog sich eine Hose über und rief: »Ich komm schon, Alter.« Dann öffnete er die Terrassentür. »Na, guten Tag! Lange nicht mehr gesehen …« Der Hund stellte sich auf die Hinterbeine und legte die Vorderpfoten auf Marios Schenkel, hörte aber nicht auf zu bellen. Offenbar wollte er mehr als nur Vorwürfe hören. Sein ehemals glattes weißes Fell war zu einer zähen rostbraunen Masse verfilzt. El Conde spürte es, als er Kopf und Ohren des Tieres kraulte. »Um Himmels willen, Basura, du siehst ja aus wie Sau! Liebe kann töten, weißt du das?«

Dankbar für die Streicheleinheiten, leckte der Hund ausgiebig die Hand seines Herrchens. Dieses Ritual spielten die beiden seit dem Hurrikan, als sie sich auf der Straße begegnet waren – es war Liebe auf den ersten Blick gewesen – und Mario beschlossen hatte, das Tier mit nach Hause zu nehmen. Sie waren glücklich übereingekommen, dass El Conde von nun an die Rolle des Herrchens übernehmen sollte. Er gab Basura zu fressen, wenn es möglich, und badete ihn, wenn es unumgänglich war. Der Hund brachte dafür Anhänglichkeit und Dankbarkeit in die Beziehung ein, aber er verzichtete nie auf seinen Freiheitsdrang, der jedem Straßenköter in den Genen liegt.

»Bist ein braver Hund, ja. Etwas unverschämt, kümmerst dich einen Dreck, haust ständig ab, aber ansonsten bist du 'n guter Kerl ... Los, komm, wollen mal sehen, was ich für dich hab.«

Im Kühlschrank fand er ein wenig Reis, Reste von einem Kichererbseneintopf und eine fast leere Dose Makrelenfilets. Mario kippte alles zusammen in den Hundenapf, rührte um und stellte das Festmenü auf die Terrasse, erneut begleitet von dem ungeduldigen Hundegebell seines Freundes.

»Mensch, Alter, warte doch mal ... Los, jetzt ... und guten Appetit!«

Zufrieden schaute El Conde dem Hund beim Fressen zu. Basura schlang alles hinunter, auch das letzte Reiskörnchen. Danach wurde er ruhiger und trank Wasser, woraufhin er sich auf die Seite fallen ließ und übergangslos einschlief.

»Was für ein Typ ... Der ist ja völlig geschafft! Also dann, bis morgen«, sagte Mario und schloss die Terrassentür.

Ordentlich gekleidet und parfümiert, so als ginge er auf Brautschau, trat El Conde hinaus in den Dunst der Straße und nahm Kurs auf das Haus seines Freundes Carlos. Er hatte das Bedürfnis, über seinen abgebrochenen Traum und seine Grübeleien zu sprechen und sich außerdem den Bauch vollzuschlagen.

Und er kannte kein geneigteres Ohr als das des Dünnen und keine magischeren Kochkünste als die von Josefina, Carlos' Mutter.

Trotz der Hitze wimmelte es von Menschen. Alle schienen von einer Unruhe gepackt, die sich in Geschrei, hektischen Bewegungen und gehetzten Blicken äußerte. Der Alltag trieb sie an, schickte sie in eine Schlacht, die unter freiem Himmel geschlagen wurde, an tausend Fronten. Die einen verkauften die unvorstellbarsten Dinge, die anderen kauften oder träumten davon, zu kaufen. Die einen strampelten sich auf dem Fahrrad ab und vergossen ihren letzten Schweiß, die anderen lächelten entspannt hinter ihrem kühlen Dollar-Dosenbier; die einen schlichen sich aus der Kirche des Viertels, die anderen aus einer illegalen Spielhölle ... Zwei junge Mädchen, spärlich schwarz gekleidet, warteten darauf, von einem Auto ins Stadtzentrum mitgenommen zu werden, um ihre Dollar-Nachtschicht zu beginnen. Ein einbeiniger Bettler bat die Vorübergehenden um ein Almosen. Zwei junge Männer führten ihren Kampfhund spazieren und träumten vom Geld, das ihnen die scharfen Hundezähne einbringen würden. Ein bulliger Schwarzer mit mehreren Goldkettchen um den Hals, an denen goldene Kreuze und Madonnen in harmonischer Eintracht neben geisterbeschwörenden Amuletten an Halsketten aus schlichterem Material baumelten, trat wütend gegen den geplatzten Reifen eines ausrangierten Oldtimers Baujahr '54, wobei er irgendjemanden verfluchte und dessen Mutter eine Scheißhure nannte ... In diesem schwindelerregenden Durcheinander versuchte sich El Conde zurechtzufinden, was ihm jedoch nicht gelang. Zum ersten Mal in seinen mehr als vierzig Lebensjahren kamen ihm die Straßen seines Viertels fremd vor, feindlich, bedrohlich. Diese chaotische Realität, die viele Jahre geschlafen oder im Verborgenen vor sich hin geköchelt hatte, nun war sie zum Ausbruch gekommen wie ein Vulkan, dessen Rauchwolken alarmierende Notsignale aussandten. Man musste weder Polizist noch Privatdetektiv sein, nicht einmal Schriftsteller, um zu begreifen, dass es niemand auf diesen Straßen interessierte, ob Hemingway einen Mann, der darauf aus gewesen war, ihm das Leben zu versauen, umgebracht hatte oder nicht. Das Leben und der Tod spielten sich woanders ab, viel zu weit weg von der Literatur und dem unwirklichen Frieden der Finca Vigía.

Black Dog und die beiden anderen Hunde liefen aufgeregt hin und her und hechelten zu der Finca.

»Irgendetwas haben die Tiere«, sagte er.

»Wollen sich einfach nicht beruhigen«, bestätigte Calixto.

Sie hatten sich auf einen umgestürzten Baumstamm neben die Einfahrt gesetzt. Von dort aus konnte man auf die Straße blicken, die zum Dorf führte, auf die morsch gewordenen Holzhäuser mit den von Sonne und Regen geschwärzten Dächern. Weit weg, hinter Víctors Bodega, sah man die Autos über die Carretera Central rasen. Als Calixto seinen Chef kommen hörte, hatte er das Radio ausgeschaltet. Er wusste, wie sehr Hemingway die Musik verabscheute, die er selbst so sehr liebte.

»Ist dir nichts Verdächtiges aufgefallen?«

»Nein, überhaupt nichts. Hab eben noch da drüben nachgesehen … Und du, Ernesto, hast du was bemerkt?«

»Nein, aber ich hab das hier neben dem Swimmingpool gefunden.«

Er holte die Blechmarke des FBI aus der Tasche seiner Bermudas.

»Was ist das denn?«

»Eine amerikanische Polizeimarke. Keine Ahnung, wie zum Teufel die hierhergekommen ist.«

Calixto rutschte unruhig hin und her. »Von der nordamerikanischen Polizei?«

»Du hast doch nichts angestellt, Calixto?«

»Nein, natürlich nicht. Seit ich raus bin aus'm Knast, bin ich friedlicher als 'n Säugling. Wo's im Moment doch so viele Probleme gibt … Nein.«

»Wie kommt dann das Scheißding neben den Swimmingpool?«

»Ich bin seit zehn nach neun hier und hab nichts gesehen.«

»Ich glaub, die bespitzeln mich. Kann gar nicht anders sein …«

»Und deswegen hast du die da mitgebracht?« Calixto zeigte auf die Thompson, die der andere mit dem Kolben nach unten zwischen den Beinen hielt.

»Nein. Ich weiß auch nicht, warum ich die mit mir rumschleppe. Wollte sie eigentlich in den Turm bringen.«

»Das muss was mit den Revolutionären zu tun haben, glaub ich … Du wirst von niemandem bespitzelt, Ernesto. Weshalb sollten die dich bespitzeln?«

»Einmal haben sie schon das Haus durchsucht, erinnerst du dich?«

»Aber das waren die von hier, wegen deiner Waffen. Die da, das sind doch ganz andere.« Er wies auf die Marke. »Was wollen die bloß hier?«

»Das weiß ich auch nicht«, antwortete er.

Es kam immer häufiger vor, dass er etwas nicht wusste oder entdeckte, dass er etwas nie gewusst hatte. Und dass er Dinge vergaß, die er früher gewusst hatte. Ferrer Machuca, sein Arzt, hatte ihm Vitamine verschrieben und ihm geraten, sich mit dem Trinken zurückzuhalten. Und er hatte ihm schmunzelnd gestanden: »Das passiert mir auch manchmal. Ich vergesse alles Mögliche … Wir werden langsam alt und klapprig.«

»Aber es gibt Dinge, die vergesse ich nicht«, sagte er.

Calixto sah ihn von der Seite an und lächelte. Er war an die Selbstgespräche seines Chefs gewöhnt. »Was für Dinge?«

»Dinge eben.«

Zum Beispiel vergaß er nicht den Tag, an dem er, zusammen mit seinem Freund Joe Russell, zum ersten Mal im ›Floridita‹ gewesen war. Sie waren zum Fischen rausgefahren, mit kläglichem Ergebnis, und wollten ihren Misserfolg in Alkohol ertränken. Joe nahm ihn mit ins ›Floridita‹, und dort trafen sie Calixto, den Alkoholschmuggler, den er von seinen häufigen Fahrten zum Cayo Hueso her kannte. Er war Joe unendlich dankbar dafür, dass er ihn hierher mitgenommen hatte. Denn zwischen ihm und der Bar war es Liebe auf den ersten Blick gewesen. Er hatte sie auf der Stelle allen anderen Lokalen Havannas vorgezogen. Damals war das ›Floridita‹ zur Straße hin offen, mit mächtigen Deckenventilatoren und einer herrlichen dunklen Holztheke, auf die man sein Glas stellen und die Ellenbogen stützen konnte. Man trank guten Rum zu zivilen Preisen und aß exzellente fangfrische Garnelen, die nach Meer schmeckten. Darüber hinaus konnte man hier erfahren, was so alles in der Stadt passierte. Die Huren und Journalisten, die die Stammkundschaft bildeten, versorgten die anderen Gäste mit Neuigkeiten. Er hörte Geschichten aus der Lokalpolitik, über Alkoholschmuggel und Menschenhandel, über Verbrecherbanden, die in der Stadt ihr Unwesen trieben, und so wurde die Idee zu *Haben und Nichthaben* geboren. Im ›Floridita‹ hörte er übrigens auch Jahre später, dass Calixto wegen Mordes im Gefängnis saß, was er bedauerte, denn er hatte diesen Mann immer sehr geschätzt, vor allem wegen der interessanten Geschichten, die er zu erzählen wusste. Als er sich dann endgültig in Havanna niederließ, wurde er Stammgast im ›Floridita‹, wie seine Journalistenkollegen und Hurenfreundinnen. Und nun hing dort, in Erinnerung an all die von ihm geleerten Gläser und zu Ehren des Nobelpreisträgers und treuen Gastes, eine glänzende Metalltafel. In einem Akt der Dankbarkeit für jenen Ort, an dem der beste Daiquirí Kubas serviert wurde und wo man, unbehelligt von der aggressiven Musik, ohne die der Kubaner anscheinend nicht leben kann, stundenlang ungestört trinken und sich unterhalten konnte, hatte er das ›Floridita‹ zum Schauplatz eines langen Kapitels von *Inseln im Strom* auserkoren, jenen schmerzlich autobiografischen Roman, den er in der Schublade verschwinden ließ, nachdem die letzte Seite geschrieben war.

Für ihn war dieser Ort ein Glücksfall. Er ersparte es ihm, andere Lokale zu suchen, um das von Havanna kennenzulernen, was er von Havanna wissen wollte. Dort und in Cojímar und San Francisco de Paula konnte er alles über die Stadt erfahren: wie man aß, wie man trank, wie man liebte, wie man fischte und wie man gegen das tägliche Elend ankämpfte. Der Rest interessierte ihn nicht, denn er war sicher, dass der in Paris oder New York nicht anders war. Das mondäne Leben Havannas kam ihm hohl und großkotzig vor, und er verweigerte sich ihm von Anfang an. Er nahm keine Einladungen an und empfing auf seiner Finca keine lokalen Größen. Auch seine wenigen kubanischen Freunde besuchte er so gut wie nie, und alle Probleme, die ihn nicht direkt betrafen, hielt er sich vom Leib. Wenn er einmal an einem Fest zu seinen Ehren teilnahm, was selten genug passierte, dann tat er es auf seine Art. Als zum Beispiel ein paar reiche Bierfabrikanten für ihn ein Fest organisierten, sagte er nur unter der Bedingung zu, dass alle seine Fischerfreunde aus Cojímar ebenfalls eingeladen wurden. An jenem Abend aßen und tranken die Freunde dank Papas Berühmtheit.

Auch mit den Schriftstellern und Künstlern der Insel verkehrte er nicht. Erstens, weil er keine Schriftsteller zu Freunden haben wollte, und zweitens, weil die Mehrheit der kubanischen Autoren, von wenigen Ausnahmen abgesehen, ihn nicht interessierte, weder als Menschen noch als Künstler. Das Universum seiner literarischen und kulturellen Präferenzen war bereits fest umrissen, und er befürchtete, die kleine Welt der lokalen Schreiberlinge könnte sich zu einem Albtraum entwickeln, wenn er sie in seine Privatsphäre eindringen ließ. Zu viele berufsmäßige Trinker, zu viele französisch angehauchte Dilettanten, zu viele Verrückte, die sich für inspiriert hielten, bevölkerten den tropischen Inselparnass, auf dem es, wie auf jedem Parnass, mehr Feinde als Freunde gab, mehr Verleumder als Bewunderer, mehr missgünstige Neider als treue Kameraden, mehr Möchtegern-Schriftsteller als wirkliche Talente, mehr Opportunisten, Arschkriecher, Trittbrettfahrer und Blutsauger als Menschen, die sich auf ehrliche, schlichte Weise bemühten, Literatur hervorzubringen. Alles genauso wie in New York und Paris. Einige wenige kubanische Schriftsteller kannte er durch ihre Werke und aus vereinzelten Gesprächen, insbesondere den verrückten Serpa und den unerträglichen Novás Calvo. Doch er fühlte sich durchaus in der Lage, aus dem Kuba, wie er es sah, die literarischen Stoffe zu destillieren und sie zu verarbeiten. Dazu musste er nicht Gedanken und Texte mit seinen Kollegen austauschen. Außerdem wusste er nur zu gut, dass viele von ihnen sein distanziertes, überhebliches Verhalten kritisierten, die einen aus Neid, die anderen aus Groll, wieder andere auch wegen einer Abfuhr, die sie sich bei ihm geholt hatten. Er trat ihrem Klub nicht bei und hielt es für eine seiner rettenden Erleuchtungen, dass er nie diesem Bedürfnis nachgegeben hatte. Man konnte sehr wohl in Kuba leben, ohne die kubanischen Schriftsteller zu kennen, ja man konnte sogar Präsident der Republik werden, ohne sie jemals gelesen zu haben.

»Was denkst du von mir, Calixto?«

Der andere sah ihn eine Weile an. »Ich versteh dich nicht, Ernesto.«

»Bin ich ein selbstgefälliger Amerikaner?«

»Wer hat so was Ungeheuerliches gesagt?«

Es machte ihn wütend, dass man ihm vorgeworfen hatte, er lebe auf Kuba, weil das Leben dort billiger und er so oberflächlich und selbstgefällig wie alle Amerikaner sei, die in der Welt herumfuhren und mit ihren Dollars alles kauften, was es zu kaufen gab. Dabei hatten die letzten Berechnungen von Miss Mary ergeben, dass er in den rund zwanzig Jahren auf der Insel fast eine Million Dollar ausgegeben hatte, und er wusste, dass ein Großteil der Summe dafür draufgegangen war, die zweiunddreißig Kubaner zu bezahlen, die sich ihren Lebensunterhalt bei ihm verdienten. Mehrmals hatte er, um die Intriganten in Rage zu bringen, der Presse erklärt, er fühle sich als Kubaner, in Wirklichkeit sei er ein richtiger Kubaner, ein Kubaner von der Straße, sagte er, sozusagen ein Straßenköter wie Black Dog und seine anderen Hunde. Und er hatte dem Ganzen die Krone aufgesetzt, als er seine Nobelpreis-Medaille der Barmherzigen Jungfrau von Cobre widmete. Sie war die Schutzpatronin der Insel und der Fischer von Cojímar, und nirgendwo war die Medaille besser aufgehoben als bei ihr.

Denn den Nobelpreis verdankte er diesen einfachen Menschen, sie hatten ihm die Geschichte eines Fischers geschenkt, der achtundvierzig Tage im Golfstrom gegen das Meer kämpfte, ohne auch nur einen einzigen Fisch mit nach Hause zu bringen, dieser ausgemachte gottverdammte Pechvogel.

Eigentlich hätte er lieber in Spanien gelebt, näher beim Wein, bei den Stieren und den Bächen, in denen es von Forellen nur so wimmelte, doch das unselige Ende des Bürgerkriegs hatte ihn nach Kuba verschlagen. Eins wusste er sicher: er wollte weder unter einer faschistischen Diktatur noch in seinem eigenen Land leben. Kuba hatte sich als befriedigende Alternative angeboten, und er verdankte der Insel die Geschichten und Figuren vieler seiner Bücher, die er dort hatte schreiben können. Mehr aber nicht. Es war wie ein Übereinkommen gewesen, ein Geschäft, und unversehens ärgerte es ihn wieder, erst jetzt, in einer alkoholisierten Stimmung solchen Unsinn von sich gegeben zu haben wie den, dass er sich als Kubaner fühle, oder gar, dass er ein richtiger Kubaner sei.

»Weißt du, was ich am meisten bedaure?«

»Nein, was?«

»Dass ich so viele Jahre in Kuba gelebt habe, ohne mich jemals in eine Kubanerin verliebt zu haben.«

»Du weißt nicht, was du verpasst hast«, sagte Calixto grinsend und fügte dann hinzu: »Oder was dir erspart geblieben ist.«

»Bist du eigentlich gerne Kubaner, Calixto?«

Calixto sah ihn wieder an und wurde ernst. »Heute versteh ich dich ums Verrecken nicht, Ernesto.«

»Hör nicht auf mein Geschwätz … Ich mach mir nur Sorgen um das hier, weißt du«, sagte er und hielt dem anderen wieder die Blechmarke hin.

»Du brauchst dir keine Sorgen zu machen. Ich bin ja hier, und später macht Raúl noch einen Kontrollgang, hat er mir gesagt.«

»Ja, ihr seid hier, bei mir, du und Raúl … Aber sag mir: Ist es leicht oder schwer, einen Menschen umzubringen?«

Calixto wurde nervös. Offensichtlich wollte er lieber nicht

über die alte Geschichte sprechen. »Für mich war's leicht, zu leicht«, antwortete er schließlich. »Wir hatten gesoffen wie die Stiere, der Kerl ist frech geworden und hat ein Messer rausgeholt, und da hab ich ihm 'ne Kugel verpasst. So einfach war das.«

»Andere sagen, es sei schwer.«

»Und du, was meinst du? Wie war das bei denen, die du getötet hast?«

»Wer hat dir gesagt, dass ich jemanden getötet habe?«

»Weiß ich nicht mehr, die Leute ... oder du selbst. Wo du doch an so vielen Kriegen teilgenommen hast ... Im Krieg, da bringen Menschen andere Menschen um.«

»Das ist wahr«, sagte er und streichelte den Lauf der Thompson, »aber ich nicht, ich hab nie jemanden umgebracht. Ich habe oft getötet, zu oft, finde ich, aber nie einen Menschen. Obwohl ich glaube, dass ich dazu fähig wäre ... Sag mal, Calixto, wenn mir jemand Ärger macht, wärst du dann bereit ...«

»Sag so was nicht, Ernesto.«

»Warum nicht?«

»Weil du es nicht verdienst, dass dir irgendjemand Ärger macht. Und weil du mein Freund bist und ich dich verteidigen werde, ja? Aber es ist bestimmt kein Vergnügen, im Knast zu verrecken.«

»Nein, bestimmt nicht. Vergiss, was ich gesagt habe.«

»Als ich aus dem Gefängnis gekommen bin, hab ich mir zwei Dinge geschworen: dass ich nie wieder Alkohol anrühre und dass ich mich nie mehr lebend in eine Zelle sperren lasse.«

»Und du hast wirklich keinen Alkohol mehr getrunken?«

»Keinen Tropfen.«

»Früher hast du mir besser gefallen, Calixto, als wir zusammen Rum getrunken haben und du so wunderbare Geschichten erzählt hast.«

»Der Meister im Geschichtenerzählen, das bist du, nicht ich …«

Er sah Calixto an, und wieder wunderte er sich über dessen pechschwarze Haare. »Das ist das Problem! Ich muss immer Geschichten erzählen, aber ich kann nicht mehr. Ich hatte immer einen Sack voller guter Geschichten dabei, aber jetzt ist der Sack leer. Ich schreibe alte Sachen um, weil mir nichts Neues mehr einfällt. Ich bin im Arsch, völlig im Arsch! Alt werden, das hab ich mir anders vorgestellt … Fühlst du dich alt?«

»Manchmal, ja, sehr alt«, gestand Calixto. »Aber dann hör ich Rancheras und erinnere mich daran, dass ich immer nach Veracruz zurückgehen und dort leben wollte, wenn ich einmal alt bin. Das hilft.«

»Warum Veracruz?«

»Das war die erste Stadt außerhalb Kubas, die ich besucht habe. Hier hör ich immer mexikanische Musik, und die Mexikaner hören kubanische Musik. Und die Frauen sind schön, und man isst gut. Aber ich werde nie wieder nach Veracruz kommen, das weiß ich inzwischen. Ich werde hier sterben, als alter Mann. Ohne jemals wieder einen Tropfen Alkohol anzurühren.«

»Du hast mir nie von Veracruz erzählt.«

»Wir haben auch noch nie übers Altwerden gesprochen.«

»Ja, stimmt. Aber es ist immer noch Zeit, nach Veracruz zu gehen … Ich glaub, ich leg mich jetzt besser schlafen.«

»Schläfst du gut in letzter Zeit?«

»Einen Scheiß tu ich! Aber morgen will ich schreiben. Auch wenn mir nichts einfällt, ich muss schreiben. Also, ich geh jetzt. Schreiben ist mein Veracruz.«

Er lächelte Calixto zu, und sie gaben sich die Hand. Dann erhob er sich, wobei er sich auf die Maschinenpistole stützte. Er schaute zurück zur Finca. Es war windstill, und es herrschte tiefe Stille.

»Gib mir die Waffe, Ernesto.« Calixto war ebenfalls aufgestanden. Er hatte einen Stock zu Hilfe genommen.

Der Schriftsteller drehte sich um. »Nein«, sagte er.

»Und wenn die von der Polizei kommen?«

»Dann werden wir mit ihnen reden. Keiner wandert in den Knast, und du schon gar nicht.«

»Ich werd noch einen Kontrollgang machen.«

»Ich glaub, das wird nicht nötig sein. Der, der das hier verloren hat, ist inzwischen über alle Berge.«

»Sicherheitshalber«, beharrte Calixto.

»Von mir aus. Also, ich seh dich dann morgen. Komm, Black Dog.«

Langsam, mit dem Gang eines alten Mannes, begann er den leicht ansteigenden Weg zum Haus hochzugehen. Black Dog an seiner Seite imitierte seinen schleppenden Gang. Calixto sah ihnen hinterher und ging dann wieder zum Eingangstor zurück. Er stellte das Radio an, doch es war ihm jetzt nicht danach, Boleros von Agustín Lara oder Rancheras von José Alfredo Jiménez zu hören. Es machte keinen Spaß mehr. Er stellte den Apparat wieder ab und starrte in die friedliche Nacht der Finca.

»Ja, das war ich, natürlich erinnere ich mich daran. Es war das letzte Mal, dass ich Papa gesehen habe.«

Der Morgen war noch kühl, doch es wehte kein Lüftchen. Ein Junge aus dem Viertel hatte ihm gesagt, dass Ruperto am Fluss war, am Anlegeplatz. Nachdem er auch noch zwei Fischer gefragt hatte, fand er ihn schließlich unter einem Mandelbaum auf einem Stein sitzend, mit dem Rücken gegen den Stamm gelehnt, im Mund eine riesige, noch nicht angezündete Zigarre, den Blick starr auf das Wäldchen gerichtet, das sich auf der anderen Seite des Flusses erhob. Wenn er fünfzehn Jahre jünger war als Toribio, der Geschorene, dann musste er so um die neunzig sein. Doch er wirkte viel jünger. Oder weniger alt, korrigierte sich El Conde. Wie ein kräftiger alter Mann von achtzig Jahren sah er aus, mit einem offensichtlich teuren Panamahut aus fernen Landen auf dem Kopf.

El Conde hatte ihn begrüßt und ihm gesagt, er müsse mit ihm reden.

»Sie wollen mich interviewen?«, fragte der Alte abweisend, ohne die Zigarre aus dem Mund zu nehmen.

»Nein, nur ein wenig reden.«

»Sicher?« Argwohn gesellte sich zur Unfreundlichkeit.

»Ganz sicher. Schauen Sie, ich bin unbewaffnet, kein Kassettenrekorder, kein Schreibblock … Ich möchte herausfinden, ob etwas, das mir vor vielen Jahren passiert ist, wie ich mich zu erinnern meine, tatsächlich passiert sein kann oder nicht.«

Und er erzählte ihm von seiner Erinnerung an den Tag, als er gesehen hatte, wie Hemingway in der Bucht von Cojímar von Bord der *Pilar* gegangen war und sich von einem Mann, der eben dieser Ruperto gewesen sein musste, verabschiedet hatte.

»Ja, das war ich … Er kam gegen Mittag zu mir, ganz überraschend, und als ich ihn sah, wusste ich sofort, dass irgendetwas mit ihm los war. Aber weil ich ihn kannte, hab ich nicht weiter gefragt. Er hat zu mir gesagt, ich soll mich fertig machen, wir würden aufs Meer fahren. ›Soll ich die Angelschnüre und die Köder mitnehmen?‹, hab ich ihn gefragt. ›Nein, Rupert, wir fahren einfach nur aufs Meer.‹ Er hat mich immer ›Rupert‹ genannt und ich ihn ›Papa‹.« Der Alte hob den Arm und zeigte auf eine Stelle in der Bucht. »Da drüben hat die *Pilar* vor Anker gelegen.«

El Conde folgte dem ausgestreckten Arm und sah das Meer, den Fluss, ein paar wenige von den Jahren stark mitgenommene Fischerboote. »Wann war das, Ruperto?«

»Am 24. Juli 1960. Das hab ich mir genau gemerkt, denn am Tag darauf ist er ins Flugzeug gestiegen, und ich hab ihn nie mehr wiedergesehen.«

»Wusste er, dass er nicht mehr zurückkommen würde?«

»Ich glaube, ja. Nach dem, was er mir erzählt hat … ›Ich bin am Ende, mit mir ist es aus‹, hat er gesagt, ›und ich habe Angst vor dem, was kommt.‹

›Was ist denn los, Papa?‹

›Die Ärzte sind dagegen, aber ich fliege nach Spanien. Ich muss Stierkämpfe sehen, um mein Buch beenden zu können. Danach wird man mich in ein Krankenhaus bringen, und was danach passiert, weiß ich nicht …‹

›Ein Krankenhaus bedeutet aber nicht das Ende.‹

›Kommt drauf an, Rupert. Für mich ja, glaub ich.‹

›Fühlst du dich denn so schlecht?‹

›Red keinen Scheiß, Rupert! Bist du blind? Siehst du nicht, dass ich immer dünner werde? Dass ich in wenigen Jahren ein alter Mann geworden bin?‹

›Wir werden beide alt, Papa.‹

›Ich aber schneller.‹ Er lachte auf. Es war ein trauriges Lachen.

›Man darf den Ärzten nicht alles glauben, Papa. Ferrer ist Spanier, und alle Spanier sind Esel. Darum sind fast alle Spanier Fischer.‹ Jetzt lachten wir beide, diesmal aus vollem Halse. ›Und wenn du wieder gesund bist, kommst du dann hierher zurück?‹

›Ja, klar. Aber wenn nicht, wenn ich nicht gesund werde, dann leg ich schriftlich fest, dass das Schiff dir gehört. Irgendjemand wird kommen und dir das Schiff übergeben. Die einzige Bedingung ist, dass du es nicht verkaufen darfst, solange du noch einen Peso zum Leben hast. Wenn's dir einmal wirklich dreckig geht, dann kannst du es verkaufen.‹

›Das will ich nicht, Papa.‹

›Aber ich! Ich will, dass niemand sonst dieses Schiff steuert.‹

›Wenn das so ist, nehm ich's an.‹

›Danke, Rupert.‹«

»Hat er immer mit Ihnen über seine persönlichen Angelegenheiten gesprochen?«, fragte El Conde.

»Manchmal, ja.«

»Hat er Ihnen mal gesagt, dass er Probleme mit dem FBI hatte?«

»Soweit ich mich erinnern kann, nein. Na ja, doch, einmal … Er war wütend auf die, als wir '42 unsere Suche nach deutschen

U-Booten abbrechen mussten. Befehl von ganz oben, hieß es. Aber sonst, nein.«

»Und wie ging es an jenem Tag weiter?«

»Wir fuhren hinaus, bis wir in die Strömung kamen, wo er so gerne fischte, und stellten die Motoren ab, und Papa setzte sich aufs Achterdeck und sah aufs Meer. Und dann sagte er zu mir, dass er am Ende sei und dass er Angst habe. Ich bin ein wenig erschrocken, denn Papa war keiner, der Angst hatte. Wahrlich nicht. Nach etwa einer Stunde bat er mich, nach Cojímar zurückzufahren, und ich sah, dass seine Augen gerötet waren. Da hab ich dann wirklich einen Riesenschrecken gekriegt. Ich hatte nicht gedacht, dass ein Mann wie er weinen kann. ›Keine Sorge, ich bin nur ein wenig sentimental geworden‹, sagte er. ›Hab dran gedacht, wie glücklich wir hier gewesen sind, wie wir gefischt und getrunken haben. Vor dreißig Jahren hat Joe Russell mir diese Stelle gezeigt.‹ Als wir in Cojímar gelandet sind, ist dann das passiert, was du gesehen hast«, fuhr der Alte fort. »Wir haben festgemacht, er ist von Bord gegangen, ich auch, und wir haben uns umarmt. ›Pass gut auf dich auf, Rupert.‹ – ›Komm bald zurück, Papa. Im Meer schwimmen noch so viele Fische.‹«

»Waren Sie überrascht, als Sie gehört haben, dass er sich umgebracht hat?«, fragte El Conde und sah den alten Kapitän an.

»Nicht sehr. Er war nicht mehr er selbst, und ich glaube, er mochte den Mann nicht, der er jetzt war.«

El Conde musste über Rupertos Erklärung schmunzeln. Es war die intelligenteste und schlüssigste für Hemingways Ende, die er jemals gehört oder gelesen hatte. Ruperto war Papa auf ewig dankbar, genauso wie Toribio, der seine Liebe zum Chef hinter der Behauptung, er sei ein Scheißkerl gewesen, geschickt zu verbergen wusste. Ein Scheißkerl, ja, aber einer, der ihn gut bezahlt, ihm Lesen und Schreiben beigebracht und ihm ein Vermögen in Form von Kampfhähnen vermacht hatte. Waren es solche Dinge, für die diese beiden Männer ihm noch heute dankbar waren?

»Schöner Hut«, bemerkte El Conde.

»Den hat mir Miss Mary schicken lassen, durch Amerikaner, die mich interviewt haben. Ein echter Panama, schauen Sie.« Er zeigte Mario das Firmenschild an der Innenseite.

»Jemand hat mir erzählt, dass Sie Geld für die Interviews nehmen ...«

»Wissen Sie, warum? Es kommen so viele hierher, die mir auf die Nerven gehen, da muss ich einfach Geld nehmen.«

»Prima Geschäft! Besser als Fische fangen.«

»Und so leicht! Denen kann ich alles Mögliche erzählen, auch Lügen. Die Amerikaner glauben alles.«

»Hat Hemingway auch alles geglaubt?«

»Nein, Papa nicht. Den konnte ich nicht anlügen.«

»War er ein guter Kerl?«

»Für mich war er wie 'n Gott.«

»Toribio sagt, er sei 'n Scheißkerl gewesen.«

»Hat der Geschorene Ihnen auch gesagt, dass er die Eier von Papas Hennen geklaut hat, um sie anderen Züchtern zu verkaufen? Als Raúl das entdeckt hat, hat er es Papa erzählt. Die beiden haben sich geprügelt, und Papa hat ihn rausgeschmissen. Toribio hat ihm dann geschworen, keine Eier mehr zu klauen, und Papa hat ihm verziehen.«

El Conde musste grinsen. Er fühlte sich wie unter gezähmten Tigern. Jeder zimmerte sich seine heile Welt zurecht, so gut er konnte, und unterschlug dabei seine eigenen Sünden. Immerhin war die von Toribio schnell ans Tageslicht gekommen. Ob es da noch mehr zu entdecken gab?

»Raúl hat alles für Hemingway getan, stimmt's?«

»Ja, alles.«

»Ich hätte mich gerne mit ihm unterhalten ... Hat Hemingway irgendwann mal einen Angestellten entlassen?«

»Ja, einen Gärtner. Der hatte seine Büsche beschnitten, und er konnte es nicht ertragen, wenn seine Bäume und Büsche beschnitten wurden ... Aber sagen Sie, was wollen Sie eigentlich wissen mit Ihrer ganzen Fragerei?«

»Etwas, das Sie mir nie sagen werden.«

»Wenn Sie wollen, dass ich schlecht über Papa rede, dann sind Sie schief gewickelt. Schauen Sie, als ich für ihn gearbeitet hab, ging's mir besser als den anderen Fischern. Und jetzt, wo er tot ist, leb ich immer noch sehr gut, sogar einen Panamahut hab ich! Man darf nicht undankbar sein, wissen Sie?«

»Natürlich weiß ich das. Aber auf Hemingway kommen schwere Zeiten zu ... Auf der Finca ist eine Leiche gefunden worden, besser gesagt, die Knochen eines Mannes, der vor vierzig Jahren ermordet wurde. Man hat ihm zwei Kugeln verpasst. Und die Polizei glaubt, dass Hemingway das getan hat. Außerdem wurde neben dem Toten eine alte Dienstmarke vom FBI gefunden. Wenn publik wird, dass Hemingway den Mann ermordet hat, wird man ihn mit Dreck bewerfen, von oben bis unten.«

Ruperto schwieg. Er schien die schockierende Information seines seltsamen Gesprächspartners zu verarbeiten. Das offensichtliche Ausbleiben jeglicher Reaktion machte El Conde bewusst, dass er eine alte Wunde aufgerissen hatte.

»Und Sie, wer sind Sie?«, fragte der Alte schließlich. »Was wollen Sie überhaupt?«

»Ich bin ein Rindvieh, das sich als Bauer verkleidet hat, wie man so schön sagt. Früher war ich mal Polizist, aber genauso ein alter Blödmann. Und jetzt versuch ich mich als Schriftsteller, bin aber immer noch derselbe Blödmann und verdiene mein Geld mit alten Büchern. Ihr Papa war einmal ein großes Vorbild für mich, damals, als ich zu schreiben begonnen habe. Aber dann ist sein Stern vor meinen Augen untergegangen. Nach und nach hab ich erfahren, wie er sich anderen Menschen gegenüber verhalten hat, ich hab begriffen, welche Legende er von sich aufgebaut hat, und da hab ich aufgehört, ihn zu verehren. Aber wenn ich verhindern kann, dass man ihm einen Mord anhängt, den er nicht begangen hat, dann werde ich das tun. Ich mag es nämlich ganz und gar nicht, dass man jemanden fertig macht, einfach so, und ich glaube, Ihnen würde das genauso wenig gefallen. Sie sind ein intelligenter Mensch und wissen, wie schwer ein Mord wiegt.«

»Ja«, sagte Ruperto, und jetzt endlich nahm er die Zigarre aus dem Mund. Er spuckte bräunlichen Schleim aus, der über die ausgetrocknete Erde rollte.

»Von den engeren Vertrauten auf der Finca, wer ist da noch am Leben?«

»Soweit ich weiß, nur Toribio und ich. Ach ja, und der Spanier Ferrer, sein Arzt und Freund. Aber der lebt in Spanien. Ist zurückgegangen, als Franco tot war.«

»Und Calixto, das Faktotum?«

»Der muss auch schon tot sein. War älter als ich ... Aber nachdem er von der Finca weg war, hab ich nie mehr was von ihm gehört.«

El Conde zündete sich eine Zigarette an und blickte aufs Meer. Sogar unter dem Mandelbaum war schon jetzt die Hitze zu spüren, die im Laufe des Tages mörderisch zu werden drohte. »Ist Calixto gegangen, oder hat Hemingway ihn rausgeschmissen?«

»Nein, er ist gegangen.«

»Und warum ist er gegangen?«

»Das weiß ich nun wirklich nicht.«

»Aber Sie kennen doch seine Geschichte, oder?«

»Nur das, was so erzählt wurde. Dass er einen Mord auf dem Gewissen hatte.«

»Und Hemingway hat ihm vertraut?«

»Ich glaube, ja. Sie waren ja schon befreundet, bevor das mit dem Mord passiert ist.«

»Und niemand weiß, wohin Calixto verschwunden ist, nachdem er die Finca verlassen hatte? Er hat doch bestimmt gut verdient ...«

»Hab mal gehört, dass er nach Mexiko gegangen sein soll. Von Mexiko hat er immer sehr geschwärmt.«

El Conde prägte sich diese Information gut ein. Wenn das stimmte, konnte sie sehr wichtig werden. »So weit weg?«, hakte er nach. »Ist er vielleicht vor etwas davongelaufen?«

»Keine Ahnung.«

»Aber Sie wissen doch bestimmt, wann er die Finca verlassen hat?«

Ruperto dachte eine Weile nach. El Conde sah ihm an, dass er das Datum wusste, aber möglicherweise kompliziertere, vielleicht heikle Rechnungen anstellte. Schließlich antwortete der Alte: »Wenn mich mein Gedächtnis nicht im Stich lässt, dann war das Anfang Oktober '58. Wenige Tage später ist Papa nämlich in die Vereinigten Staaten geflogen, zu Miss Mary.«

»Und was wissen Sie noch darüber?«

»Nichts. Was soll ich denn darüber wissen?«, erwiderte er barsch. El Conde spürte, dass er ihn in die Enge getrieben hatte.

»Ruperto …«, begann er wieder, schwieg dann aber. Er rauchte und legte sich seine Worte zurecht. »Gibt es sonst nichts mehr, was Sie mir zu sagen haben? Was mir helfen könnte herauszufinden, wer der Tote auf der Finca Vigía war und wer ihn ermordet hat?«

Der Alte, jetzt wieder mit der Zigarre im Mund, sah ihm direkt in die Augen. »Nein.«

»Schade«, sagte El Conde. Als er aufstand, spürte er, wie seine rostig gewordenen Knie knackten. »Na schön, dann sagen Sie eben nichts. Aber ich weiß, dass Sie etwas wissen. Auch wenn ich ein alter Blödmann bin, weiß ich, dass Sie etwas wissen … Hören Sie, Ruperto, Ihr Hut gefällt mir wirklich sehr.«

El Conde wusste nur zu gut, was nun in ihm vorging: Die vorgefassten Meinungen brannten wie Stacheln an den Händen, und die Tatsachen lagen – ebenfalls wie Stacheln – schwer verdaulich im Magen. Und wie aus einem Samen, der auf fruchtbaren Boden fällt, spross aus beidem, Vorurteilen und Tatsachen, nach und nach die schmerzhafte Vorahnung. El Conde war nun überzeugt davon, dass zwischen dem Schriftsteller Ernest Hemingway und seinem alten Freund Calixto Montenegro, dem ehemaligen Alkoholschmuggler, verurteilten Mörder und späteren Angestellten auf der Finca Vigía, in den Jahren 1946 bis Oktober 1958 eine geheime Verbindung bestanden haben musste, außerhalb des Netzes aus Abhängigkeit und Dankbarkeit, das der Schriftsteller zu seinem übrigen Personal zu spinnen gewusst hatte. Während er, von der Vision eines doppelten Rums geleitet, nach Cojímar hineinging, verfestigte sich diese Überzeugung, die ihm fast körperlich wehtat. Das Gefühl überraschte ihn. Eine glühend heiße, aggressive Wunde, deren Schmerz El Conde in vollen Zügen genoss, umso mehr, als er ihn acht Jahre lang nicht mehr gespürt hatte. Endlich war er wieder da, tief in seiner Brust, wie ein scharfer, spitzer Dolch, mit dem Stiere getötet werden. Es war eine der köstlichsten Vorahnungen, die er jemals gehabt hatte, denn ihr Ursprung war rein literarischer Natur.

Mit zwei entschieden geführten Attacken besiegelte er das Schicksal des doppelten Rums. Bevor er sich auf die Suche nach einem Bus in Richtung Havanna machte, fand er wie durch ein Wunder an einem Zeitungskiosk ein öffentliches Telefon.

Ein noch größeres Wunder aber war es, dass er gleich beim

ersten Versuch eine Verbindung zur Kripozentrale bekam und die Telefonistin ihn mit Teniente Palacios verband.

»Was gibt's, Conde? Ich bin so gut wie weg.«

»Gut, dass ich dich noch erwische. Bevor du weg bist, musst du noch einen Anruf für mich erledigen.«

»Was hast du denn jetzt schon wieder?«

»Jetzt hab ich wirklich eine Vorahnung, Manolo.«

»Ach du Scheiße!«, entfuhr es dem Teniente, denn er kannte das Thema und wusste, was das zu bedeuten hatte.

»Eine schöne, gute Vorahnung. Eine von den besten, die ich je gehabt habe, glaub ich. Hör zu, du rufst in der Nationalbibliothek an und sagst denen, sie sollen alle Bücher rausrücken, die ich haben will, und zwar zügig! Du weißt ja, wie viel Zeit sich die Spinner lassen und wie die sich bei bestimmten Titeln anstellen.«

»Und was suchst du? Ich mein, wenn man fragen darf.«

»Ein Datum. Erzähl ich dir später.«

»Trifft sich gut, ich hab dir nämlich auch was Interessantes zu erzählen. Jetzt muss ich erst mal auf 'ne Versammlung, aber so gegen zwei kann ich zur Finca Vigía kommen. Sehen wir uns da?«

»Sag mal, Manolo, meinst du, ich hätt 'n Propeller am Arsch?«

»Nur damit du weißt, wie lieb ich dich hab: Halt dich gut fest, um halb zwei steht ein Dienstwagen mit Chauffeur für dich vor der Bibliothek«, versprach der Teniente. »Also, wir sehen uns dann auf der Finca. Es gibt Neuigkeiten. Ach ja, komm bloß nicht auf die Idee, ein Buch aus der Bibliothek mitgehen zu lassen«, fügte er hinzu und legte auf.

Jetzt, mitten im Sommer, in den Semesterferien, herrschte in der Bibliothek eine friedliche Stille, die Marios innere Unruhe dämpfte und seine Ängste verscheuchte. In die Welt der Bücher einzutauchen, auf der Suche nach etwas in Hemingways Leben und Werk, das bisher vielleicht niemand gesucht hatte, weckte in ihm ein Wohlgefühl, wie es nur hoffnungslose Büchernarren kennen. In Momenten wie diesem stellte sich El Conde gerne vor, dass die Bücher sprechen konnten und ein eigenständiges Leben führten. Dann wurde ihm bewusst, dass die Liebe zu diesen toten Gegenständen ihm im Laufe der Jahre ein Glück geschenkt hatte, das anders war als alle anderen Spielarten des Glücks, mit denen er zurzeit seinen Lebensunterhalt bestritt. Ja, die Bücher, seufzte er. Sie zählten zu den wichtigsten Dingen in seinem Leben, das an wirklich wichtigen Dingen immer ärmer wurde. Und er begann sie im Geiste aufzuzählen: Freundschaft, Kaffee, Zigaretten, Rum, Vögeln hin und wieder – ach, Tamara!, ach, Ava Gardner! – und die Literatur.

An der Ausleihe der Nationalbibliothek vergewisserte er sich, dass man hier den Befehl hatte, alle seine Wünsche so rasch wie möglich zu erfüllen. Einiges schien immerhin zu funktionieren auf dieser Insel. Aber eben nur einiges. Überrascht stellte El Conde fest, dass in der Kartei zwar fast das gesamte erzählerische und journalistische Werk Hemingways, jedoch kaum etwas über sein Leben zu finden war. Er schrieb die spanischen und englischen Titel der spärlichen Sekundärliteratur auf seinen Bestellzettel und bat, sie ihm zu bringen. Seine Suche konzentrierte sich auf etwas ganz Bestimmtes: auf den Oktober 1958.

Drei Biografien und vier kritische Essays lagen vor ihm auf dem Tisch. El Conde zündete sich eine Zigarette an, pumpte die Lungen mit Nikotin voll und stürzte sich wie ein Taucher in die Arbeit. Er begann mit den letzten Kapiteln der Biografien. Eine sprang von der Verleihung des Nobelpreises direkt zur Veröffentlichung von *Gefährlicher Sommer* in der Zeitschrift *Life* im Jahre 1960, ohne auf das Jahr 1958 in Kuba einzugehen. Eine zweite, die viele Fotos enthielt, erwähnte lediglich, dass Hemingway sich »mehrere Monate« in Havanna aufgehalten habe. Von den Fotos, die in dem Band abgebildet waren, kannte er viele noch nicht. Sie zeigten Hemingway *en famille*, fernab der heroischen Schauplätze seines Lebens. Alte Fotos, auf denen er mit seinen Schwestern zu sehen war oder mit seiner Mutter, die ihn unbedingt wie ein Mädchen kleiden wollte; Bilder aus dem Alltag der Finca Vigía, beim Essen, mit seinen Söhnen, mit Mary Welsh in liebevoller Umarmung, mit seinen Katzen und seinem Hund Black Dog, der mit intelligentem Gesichtsausdruck in die Kamera blickte; Erinnerungen an die glückliche Zeit mit Hadley und mit Pauline, den beiden ersten Ehefrauen und Müttern seiner drei Söhne; Bilder des alten Patriarchen mit grauem Vollbart und grauem Haar, offenbar bereits sehr geschwächt, dem schmuddligen Weihnachtsmann so ähnlich, den der kleine Mario in der Bucht von Cojímar ganz nah an sich hatte vorbeigehen sehen. Auf allen diesen Fotos sah Hemingway menschlicher aus, als El Conde ihn sich vorgestellt hatte. Doch erst die dritte Biografie streute Salz in die Wunde. Dem Autor zufolge hatte Hemingway Anfang Oktober 1958 die Arbeit an *Der Garten Eden* unterbrochen, jener alten, unbefriedigenden Erzählung, die er in den vierziger Jahren begonnen hatte und jetzt zum Roman umarbeiten wollte. Am 4. Oktober war er in die Vereinigten Staaten geflogen, um sich dort mit seiner Frau Mary zu treffen und den Kauf des Grundstücks in Ketchum abzuschließen, wo sein letztes Haus gebaut werden sollte. Die Stunde der Vorahnung schlug, die Glocken läuteten Sturm.

Zwei der kritischen Essays waren vor 1986 erschienen, als die endgültige Fassung von *Der Garten Eden* noch nicht publiziert war, und erwähnten das Manuskript nur am Rande. Der dritte sprach über das Buch, gab aber lediglich an, dass es 1946 in Paris begonnen und 1958 in Havanna beendet worden war, als der Schriftsteller die Überarbeitung und Erweiterung von *Tod am Nachmittag* zurückgestellt hatte, weil er vorher noch eine weitere Stierkampfsaison in Spanien miterleben wollte. Nach den Worten des Verfassers waren das schwierige Monate für Hemingway. Seine Krankheiten fingen an, ihn zu beeinträchtigen, und das Schreiben wurde mühsam, fast qualvoll.

Der letzte Essay endlich ließ El Conde vor Aufregung zittern. Der Autor hatte die von Mary Hemingway aus Kuba in die Vereinigten Staaten gebrachten Manuskripte durchgesehen und festgestellt, dass auf der letzten Seite des noch unveröffentlichten Romans Ort und Datum notiert waren: Havanna, 2. Oktober '58. Dazu eine handschriftliche, inzwischen fast unleserliche Anmerkung des Schriftstellers. Wieder läuteten die Glocken der Vorahnung Sturm …

Als El Conde wieder auftauchte und zu sich kam, sah er auf die Uhr und stellte fest, dass es bereits fünf nach zwei war. In gestrecktem Galopp brachte er die Bücher zurück, bedankte sich bei der Bibliothekarin und eilte zum Ausgang. Ein junger Mann in Zivil wienerte die Windschutzscheibe eines Autos, das in der unbarmherzigen Mittagssonne funkelte, während die Antenne des Polizeifunks ihren anklagenden Finger gen Himmel reckte.

»Ich bin Mario Conde«, sagte er zu ihm.

»Ich wollte gerade abhauen«, erwiderte der Junge.

»Dann mal los.«

Er sei der Chauffeur von Teniente Palacios, klärte ihn der junge Polizist in Zivil auf und fuhr los. Sogleich wurde Mario klar, warum Manolo gerade diesen Milchreisbubi zu seinem Chauffeur auserkoren hatte: Er war der automobilistische Klon des Teniente, wahrscheinlich in einem Speziallabor hergestellt. Der Junge brachte es nicht nur fertig, in brütender Mittagshitze den Dienstwagen auf Hochglanz zu polieren, sondern auch, die Strecke von der Nationalbibliothek zur Finca Vigía in knapp zwanzig Minuten zu schaffen. Und jede einzelne von ihnen erlebte El Conde wie seine Todesstunde und sah schon den letzten Tag eines vergeudeten Lebens gekommen.

»Haben wir's eilig?«, wagte er zu fragen, als der Chauffeur sich mit Hupen und Schreien den Weg durch den Kreisverkehr der Fuente Luminosa zu bahnen versuchte.

»Weiß nicht, aber könnte ja sein«, erwiderte der Verrückte und gab Gas. Als El Conde auf dem Parkplatz der Finca Vigía aus dem Wagen kletterte, zitterten ihm die Knie. Seine ausgetrocknete Kehle brannte wie Feuer. Er lehnte sich einen Moment lang gegen die Karosserie und wartete darauf, dass sich sein Herz beruhigte und seine Muskeln entspannten. Er sah zu dem rasenden Polizisten hinüber, und in seinem Blick lag Hass, nichts als Hass.

»Deine Mutter hätte dich besser abtreiben sollen«, sagte er mit einer Stimme, die aus tiefster Seele kam, und begab sich zu den Büros der Museumsverwaltung.

Er beschloss, über die asphaltierte Autozufahrt zum Haus zurückzugehen. Die war zwar dreimal länger als der Weg durch das Kasuarinenwäldchen, das wusste er, aber sie stieg nicht so stark an. Außerdem hatte er es nicht eilig. Der Wein und der Fund der FBI-Marke hatten seine Müdigkeit verscheucht, und er wusste jetzt schon, dass er wenig und schlecht schlafen würde, wie so oft in letzter Zeit. Black Dog lief neben ihm her, genauso schleppend wie sein Herrchen, ohne zu bellen und ohne in das Wäldchen abzuhauen.

Als er die letzte Steigung zu den Garagen und dem Gästehaus nahm, fiel ihm auf, dass er die Seitentür zum Salon offen stehen gelassen hatte.

Er überwand die sechs Stufen zur Terrasse und dann die sechs weiteren zum Haupteingang. Er schloss die Tür auf und warf einen Blick ins Innere des Hauses. Die Lampen brannten immer noch, die Uhr lag neben der Weinflasche und dem Glas auf dem philippinischen Teppich, das Gemälde von Miró hing nach wie vor an der breiten Wand des Esszimmers. Die Einsamkeit war mit Händen zu greifen, sie überlagerte die Erinnerungen an alkoholisierte Nächte und lebhafte Gespräche, die in eben diesem Zimmer stattgefunden hatten, häufig eingeleitet durch die Salutschüsse und das Geknatter der beiden kleinen

Bronzekanonen, mit denen er früher ganz besondere Gäste zu empfangen pflegte. Black Dog stand auf der Schwelle und schnupperte, und als er Anstalten machte, ins Haus zu kommen, sagte er zu ihm: »Aus, Black Dog … Genug für heute.« Das Tier blieb stehen und sah sein Herrchen an. »Geh auf deinen Teppich und pass gut auf das Haus auf … Bist doch ein großer Hund«, fügte er hinzu, kraulte ihm den Kopf und zog ihn sanft an den Ohren.

Er verschloss die Haustür und dann die der von einer Pergola überdachten Terrasse. Warum bloß hatte er vergessen, sie beim Hinausgehen zu schließen? Während er noch mit sich selbst schimpfte, ging er zu der hölzernen Minibar, goss sich einen doppelten Gin ein und leerte das Glas auf einen Zug, so als kippe er widerwillig eine bittere Medizin zur Beruhigung seiner Nerven hinunter. Er knipste die Lampen aus, ließ aber die in der Nähe seines Zimmers brennen, um nicht ganz im Dunkeln zu sein. Wenn Miss Mary nicht da war, zog er es vor, in seinem Arbeitszimmer zu schlafen, denn er fühlte sich dann weniger einsam und verlassen als in dem breiten Doppelbett, das zur Hälfte leer war. Im Zimmer legte er die Thompson ab und lehnte sie neben den alten Knüppel aus Kürbisbaumholz gegen das Bücherregal, in dem die verschiedenen Ausgaben seiner Werke standen. Da er eigentlich vorgehabt hatte, die Maschinenpistole in den Turm zurückzubringen, wollte er sie in Blick- und Reichweite haben, um sein Vorhaben nicht wieder zu vergessen.

Sein Lager war mehr als zur Hälfte mit Zeitungen, Zeitschriften und Briefen bedeckt. Er nahm die Tagesdecke an den Enden hoch, machte ein großes Bündel und warf es zwischen das Bett und das zum Swimmingpool offene Fenster. Als würde er zum Schafott geführt, ging er ins Badezimmer, urinierte – ein trüber, zähflüssiger Schaum –, legte seinen 22er-Revolver auf den Rand des Waschbeckens und zog sich aus, wobei er das Hemd und die Bermudas zwischen Kloschüssel und Bidet fallen ließ. Er nahm den gestreiften Pyjama vom Holzhaken, zog jedoch nur die Hose an. Für die Jacke war es zu heiß. Wie jeden Abend stellte er sich auf die Waage und schrieb das Ergebnis samt Datum an die Wand: 2. Okt. '58: 220. Sein Gewicht hatte sich im letzten Jahr nicht verändert, stellte er zufrieden fest.

Er nahm den Revolver, ging ins Zimmer zurück, holte aus der Schreibtischschublade das schwarze Spitzenhöschen und wickelte den Revolver hinein. Er legte ihn ganz hinten in die oberste Schublade, zwischen mehrere Schachteln Revolverkugeln und zwei Dolche. Dann ging er zum Bett hinüber, verweilte aber einen Moment vor seiner treuen »Royal«, Modell »Arrow«. Neben der Reiseschreibmaschine lagen unter einem Kupferblock die letzten getippten Seiten jenes verfluchten Romans, der einfach nicht rund werden wollte. Mit einem seiner stets gespitzten Bleistifte schrieb er das Datum auf das letzte Blatt: 2. Okt. '58.

Er schaute das Bett an, konnte sich aber noch nicht entschließen, schlafen zu gehen. Das angenehme Gefühl des Alleinseins war verschwunden und hatte einem tief sitzenden Unbehagen Platz gemacht, das ihn frösteln ließ. Sein ganzes Leben lang waren immer Leute um ihn gewesen, die er auf die eine oder andere Weise zu seinem Hofstaat gemacht hatte. Nur bei vier Tätigkeiten hatte er darauf verzichtet, denn sie musste er alleine oder höchstens mit einem Partner oder einer Partnerin ausüben: Jagen, Fischen, Lieben und Schreiben. Obwohl er in Paris einige seiner besten Erzählungen in Cafés geschrieben hatte, inmitten von Leuten, und das Hochseefischen so manches Mal in eine wilde Party zwischen den Inseln im Golf ausgeartet war ... Sein übriges Leben jedoch durfte, ja musste ein quirliges Chaos sein, seit er als Jugendlicher herausgefunden hatte, wie gerne er im Mittelpunkt stand, Anführer war und Befehle erteilte. Als Anführer einer abenteuerlustigen Clique hatte er die Stierkampfwochen in Pamplona, die *Sanfermines*, mitgemacht und Dos Passos bewiesen, dass er genug Eier hatte, um sich vor einen imposanten Stier zu stellen und ihn an der Stirn zu berühren. Mit Männern, die ihn ebenfalls bewunderten, hatte er an den Offensiven der Republikaner im Spanischen Bürgerkrieg teilgenommen, war von Front zu Front geeilt, um den Film *Die spanische Erde* zu drehen. Im Hotel ›Florida‹ hatte er sich mit Wein, Whisky und Gin voll laufenlassen, während die Bomben auf Madrid gefallen waren. Mit einer Bande zwielichtiger Gestalten, seiner »Gaunerfabrik«, war er fast ein ganzes Jahr, unter dem Vorwand, deutsche U-Boote zu jagen, zwischen den kleinen Inseln vor der Nordküste Kubas, den Cayos, umhergeschippert, schlecht ausgerüstet, aber bestens versorgt mit Rum und Eis. Mit einem Trupp kampferprobter Maquisards und zwei mit Whisky und Gin randvollen Kürbisflaschen war er nach der Landung der Alliierten in der Normandie zu den Linien der Nazis vorgedrungen und hatte sich mit diesen abgehärteten Untergrundkämpfern an der heldenhaften Befreiung des ›Ritz‹ beteiligt, wo er sich dann wieder mit Wein, noch mehr Whisky und noch mehr Gin hatte volllaufen lassen … Die hinterfotzige Martha Gellhorn, diese falsche Schlange, die intime Geschichten über ihn herausposaunte und aller Welt erzählte, er sei fleißig, aber kalt und fantasielos im Bett, sie behauptete, dass sein Bedürfnis nach Gesellschaft der Beweis für seine latente Homosexualität sei. Die alte Hure! Schrie und flehte einen an, in den Arsch gefickt und in die Brustwarzen gebissen zu werden, bis sie vor Lust und Schmerzen brüllte!

Er saß auf dem Bett und starrte in die Nacht hinaus. Die Hitze zwang ihn, das Fenster offen stehen zu lassen. Zwei Schritte von ihm entfernt befand sich die Thompson, er brauchte nur den Arm auszustrecken, um sie zu berühren. Aber nicht einmal so fühlte er sich sicher. Deswegen stand er wieder auf, holte seinen Revolver aus der Schublade und legte ihn auf das Nachttischchen neben dem Bett, in dem er schlafen würde. Vorher schnupperte er an dem schwarzen Spitzenstoff, doch der weibliche Duft war schon längst vom herben Männergeruch nach Gewehrfett und Pulver überlagert. Dennoch … eine hübsche Erinnerung.

Er ließ seinen Kopf aufs Kissen sinken. Sein Blick fiel auf die geliebte alte Mannlicher an der Wand. Das Repetiergewehr war halb verdeckt von dem prachtvollen riesigen Kopf des afrikanischen Büffels, den er 1934 während seiner ersten Safari auf der Serengeti-Ebene erlegt hatte. Eine sanfte Welle der Erleichterung durchflutete seinen Körper, als er den herrlichen Kopf des Tieres sah. Während der Verfolgung des Büffels und im Augenblick seines Opfertodes hatte sich ihm so vieles offenbart: die lähmende Kraft der Angst, die Gewissheit des Todes und die erlösende Fähigkeit, ihn unbeschwert zu akzeptieren. Das hatte ihn zu *Das kurze glückliche Leben des Francis Macomber* inspiriert. Töten zu lernen, während einem der eigene Tod droht – diese Lektion ist für einen Mann unverzichtbar, dachte er. Schade, dass der Satz in dieser präzisen Formulierung, die ihm soeben gelungen war, in keiner der Erzählungen über die Jagd, den Tod und den Krieg vorkam.

Mit diesem schönen, wahren Satz auf der Zunge, dem afrikanischen Büffel über sich, fing er an zu lesen, um Schlaf zu finden. Ein paar Tage zuvor hatte er mit dem absurden und verwirrenden Roman eines gewissen J. D. Salinger begonnen, der in seinem Leben nur das eine Verdienst erworben hatte, als Sergeant aus dem Frankreich-Feldzug halb verrückt heimzukehren. Der Roman handelte von den Abenteuern eines unverschämten, flegelhaften Jungen, der von zu Hause abhauen will und wie eine Figur von Mark Twain, allerdings in einer modernen Stadt Nordamerikas, die Welt aus seiner verdrehten Perspektive zu entdecken beginnt. Die Geschichte war mehr als voraussehbar, ohne jede epische Größe, also wertlose Literatur. Er hatte nur weitergelesen, um herauszufinden, aus welchen geheimnisvollen Gründen dieses alberne Buch zu einem Verkaufsschlager geworden und der Autor als sensationeller Erneuerer der Erzählkunst in der amerikanischen Literatur gehandelt wurde. Wir sind im Arsch, dachte er, aber es lag ein Unterton von Zweifel darin.

Er verpasste den Moment des Einschlafens, die Augen fielen ihm zu, das Buch auf der Brust und die Brille auf der Nase. Aber ein Fünkchen Bewusstsein brannte weiterhin in ihm wie die Leselampe neben seinem Bett, die auszuknipsen er nicht mehr geschafft hatte. Im Niemandsland zwischen Schlafen und Wachen meinte er das entfernte hartnäckige Bellen von Black Dog zu hören, bis es ihm schließlich gelang, die Augen wieder zu öffnen, und er anstelle des Büffelkopfes das verschwommene Bild des Mannes sah, der ihn beobachtete.

El Conde kannte das Gesicht. Er hatte es zu oft gesehen, um nicht den triumphierenden Spott darin zu bemerken. »Du hast mir also was Interessantes zu erzählen?«, fragte er den Ermittler Manuel Palacios mit der Stimme eines Mannes, der auf eine Überraschung gefasst ist.

»Woher weißt du das?«

»Guck doch mal in den Spiegel.«

Sie blieben unter den Betelnusspalmen stehen, die vor dem Haus ein kleines Rondell bildeten. El Conde sah Manolo ins süffisant grinsende Gesicht.

»Ich glaube, die Leiche kann jetzt ordnungsgemäß bestattet werden«, verkündete der Teniente und langte in seine Hosentasche. »Hier, schau dir das an.«

Er sah die Bleikugel auf Manolos ausgestreckter Handfläche. Sie war dunkelgrau – Unheil verkündend, fand El Conde – und wies in den Rillen Erdspuren auf.

»Die Erde hat wieder was herausgerückt«, sagte Manolo. »Wir haben sie heute Morgen gefunden.«

»Nur eine? Hat man ihm nicht zwei verpasst?«

»Wer weiß, wo die andere gelandet ist …«

»Ja, wer weiß das schon … Und, kennt man auch schon die dazu passende Waffe?«

»Wir sind nicht sicher, aber Cabo Fleites meint, sie müsste aus einer Thompson stammen. Du weißt ja, er ist Spezialist in Sachen Ballistik. Ist nur gerade verdonnert worden, wegen Trunkenheit im Dienst.«

»Werden neuerdings besoffene Spezialisten bestraft? Oder soll ich sagen, nur spezielle Besoffene?«

Manolo fand das nicht lustig. »Hemingway besaß eine Thompson«, fuhr er fort. »Hat sie häufig bei der Haifischjagd benutzt, sagt Tenorio. Aber es kommt noch besser! Wir haben die Inventarlisten überprüft, die Thompson befindet sich weder unter den Waffen, die auf der Finca zurückgeblieben sind, noch unter den Dingen, die die Witwe nach seinem Selbstmord mitgenommen hat. Übrigens, die feine Dame hat sich alle wertvollen Gemälde unter den Nagel gerissen …«

»Aber ich hab die Thompson gesehen! Die Erde hat sie jedenfalls nicht verschluckt …«

»Gar keine schlechte Idee. Vielleicht ist sie auch irgendwo vergraben.«

»Wenn jemand eine Waffe verschwinden lassen will, vergräbt er sie nicht. Er wirft sie ins Meer. Und wenn er eine Jacht hat …«

»Sieh mal an. El Conde, der Alleswisser, wie immer!«, erwiderte Manolo spöttisch. »Interessiert mich aber 'n Scheißdreck, wo die Thompson geblieben ist. Und du, du kannst dir deine Vermutungen sonst wohin stecken … Aber jetzt halt dich fest! In den Polizeiarchiven haben wir den Fall eines FBI-Agenten gefunden, der im Oktober '58 in Kuba verschwunden ist. Es handelt sich um einen gewissen John Kirk, der zur amerikanischen Botschaft in Havanna gehörte, zuständig für Routinearbeiten, nichts Wichtiges. Jedenfalls haben das seine Vorgesetzten gesagt, als er vermisst wurde. Und wahrscheinlich stimmt das sogar. Er war nämlich fast sechzig, und außerdem hinkte er. Er ist nie gefunden worden, und nach dem Sieg der Revolution hat sich auch keiner mehr die Mühe gemacht, ihn zu suchen.«

»Ist der hinkende John Kirk zufällig am 2. Oktober verschwunden?«

Er war ein Meister darin, derartige Überraschungscoups zu landen, und genoss ihre verheerende Wirkung. Manolos Selbstsicherheit fiel in sich zusammen, seine Augen drehten sich in entgegengesetzte Richtungen. Er starrte El Conde mit halb offenem Mund an, während das rechte Auge mehr und mehr abdriftete.

»Wie zum Teufel hast du …«

»Das kommt davon, wenn du hier den dicken Max markieren willst.« El Conde grinste zufrieden. »Hör zu, Manolo, du musst mir helfen. Ich hab dir nämlich auch was Interessantes zu erzählen, da bin ich ganz sicher. Ruf den Museumsdirektor, ich muss mir das Haus noch mal von innen ansehen. Und sag ihm, er darf nur dann reden, wenn ich ihn was frage, okay?«

Manolo sah ihm staunend und voller Bewunderung hinterher.

El Conde ging die Stufen zur Terrasse hinauf und schaute mit dem Rücken zum Haus über den weitläufigen Garten der Finca und dann zu der Stelle, wo eine Leiche, eine Kugel aus einer

Maschinenpistole, eine Dienstmarke des FBI und eine Geschichte, die allmählich gefährlich heiß wurde, ans Tageslicht gekommen waren.

Kurz darauf kam der Teniente mit dem Museumsleiter zurück, den er offenbar bereits mit El Condes Wünschen vertraut gemacht hatte. Juan Tenorio schien nicht gerade begeistert. Misstrauisch sah er den Leiter der Polizeiaktion an, der seines Wissens weder Leiter noch bei der Polizei war.

»Wo genau lag der Hahnenkampfplatz?«, fragte ihn El Conde.

»Also … Ja, genau dort, wo die Leiche gefunden wurde«, antwortete der Direktor.

»Und warum haben Sie das nicht früher gesagt?«

»Na ja …«, stammelte Tenorio, dessen Selbstsicherheit ebenfalls wie ein Kartenhaus in sich zusammengefallen war. »Ich konnte mir doch nicht vorstellen …«

»Man muss mehr Vorstellungskraft entwickeln, Genosse«, belehrte El Conde ihn in bester Hemingway'scher Manier: die Fehler und Versäumnisse anderer aufdecken, um sie ihnen dann großmütig zu verzeihen. »Aber das ist jetzt nicht mehr so wichtig. Gehen wir rein.«

Der Museumsleiter ging voran und schloss auf.

»Was suchst du eigentlich, Conde?«, tuschelte Manolo.

»Ich möchte wissen, was in der Nacht vom 2. auf den 3. Oktober 1958 in diesem Haus passiert ist.«

Während der Museumsdirektor die Fenster öffnete, ging El Conde, gefolgt von Manolo, in das Zimmer, in dem sich die Bibliothek befand.

»Sieh mal«, sagte er und zeigte auf die zweite Regalreihe

neben der Tür. Zwischen *Die Falle* von Enrique Serpa und einer Mozart-Biografie sprang ihnen der breite Rücken eines Buches ins Auge, auf dem in roten Buchstaben der Titel stand: *The FBI Story.* »Das Thema muss ihn sehr interessiert haben, offensichtlich hat er das Buch gleich mehrmals gelesen. Und schau mal, wer das Vorwort geschrieben hat! Sein guter alter Freund Hoover, derselbe, dem er die Bespitzelung zu verdanken hatte.« Und zum Direktor gewandt: »Ich brauche Hemingways Pässe und sämtliche Papiere, die das Haus betreffen. Rechnungen, Quittungen, Steuerbescheide ...«

»Sofort. Die Papiere sind alle hier.« Tenorio ging zu einem hölzernen Aktenschrank.

»Manolo, such doch bitte alles raus, was den 2. bis 4. Oktober 1958 betrifft. Wenn du willst, sag Cabo Fleites Bescheid, er kann dir helfen.«

»Kann er nicht.«

»Was hat er denn?«

»Er hat sich so sehr über den Fund der Kugel gefreut, dass er gleich in die nächste Bar gegangen ist, um ein paar Gläschen zu kippen.«

»Wo ist denn hier 'ne Bar? Ich seh keine.«

Der Direktor ging zweimal zwischen Aktenschrank und Schreibtisch hin und her und legte Stapel von Papieren in Kartons und gelblichen Briefumschlägen auf den langen halbrunden Schreibtisch in der hinteren Ecke der Bibliothek. El Conde atmete den angenehmen Geruch nach altem Papier ein.

»Gehen Sie bitte vorsichtig damit um, diese Papiere sind von größter Wichtigkeit.«

»Ja, ja«, sagte El Conde. »Und die Pässe?«

»Die sind in meinem Büro, ich hol sie sofort.«

Toribio eilte hinaus. Manolo setzte sich grummelnd hinter den Schreibtisch. »Immer kriegst du mich ran, Conde«, schimpfte er. »Am Ende bin ich der Doofe und muss in Papieren wühlen ...«

El Conde hörte nicht hin. Wie von wissenschaftlicher Neugier getrieben, fuhr sein Blick über Bücher, Wände und Gegenstände. Langsam verließ er die Bibliothek. Mit einem Blick durch ein Fenster des Salons vergewisserte er sich, dass der Direktor auch tatsächlich zu den Büros hinüberging, die in den ehemaligen Garagen untergebracht waren, und dann begab er sich rasch in Richtung Arbeitszimmer. Hinten, neben dem Bad, befand sich das Ankleidezimmer des Schriftstellers, in dem seine Hosen und Jacken für die Jagd in Afrika und den Vereinigten Staaten hingen, seine Angelwesten, ein dicker Militärmantel und sogar ein alter goldglänzender Stierkampfanzug, bestimmt das Geschenk eines jener berühmten Toreros, die er so sehr bewundert hatte. Auf dem Boden, in perfekter Ordnung, die es im wirklichen Leben nicht gibt, standen seine Jagd- und Angelstiefel und die des Kriegsberichterstatters an den Fronten Europas. Es roch nach totem Leder, nach billigem Insektenpulver, nach Vergessen. El Conde schloss die Augen und konzentrierte sich auf seinen Geruchssinn, schnupperte wie ein Raubtier, bereit für den entscheidenden Prankenhieb. Etwas in dieser Kammer der Erinnerungen roch nach Haut und Blut. Fast automatisch streckte er die Hand zu einem Schuhkarton aus, der neben dem Schrank stand. Von Feuchtigkeit und Altersflecken gesprenkelte Taschentücher schauten ihn aus dem Karton an, als hätten sie Sommersprossen. Ganz behutsam, mit zitternden Händen, hob El Conde die gefalteten Taschentücher an, und sein Herz schlug schneller, als er etwas Dunkles erblickte. Dort, schlafend, aber nicht tot, ruhte das Spitzenhöschen von Ava Gardner. In vollem Bewusstsein seines Eingriffs in die Intimsphäre nahm der ehemalige Polizist den Slip heraus, betrachtete ihn einen Moment lang im Gegenlicht und stellte sich vor, wer ihn einmal getragen und was er bedeckt hatte. Dann ließ er ihn flugs in seiner Tasche verschwinden. Er stellte den Karton an seinen Platz zurück, verließ eilig das Ankleidezimmer und trat ins angrenzende Bad.

Während sein Atem wieder ruhiger wurde, versuchte er sich in den Daten und Gewichtsangaben zurechtzufinden, die Hemingway auf die Badezimmerwand gekritzelt hatte. Die Zahlenkolonnen folgten keiner Chronologie, und El Conde musste sich die Angaben heraussuchen, die das Jahr 1958 betrafen. Es begann mit dem Monat August und endete mit dem 2. Oktober und der Zahl 220. Die darauf folgenden Aufzeichnungen bezogen sich bereits auf die letzten Monate des Jahres 1959 bis Anfang 1960, den Zeitraum seines letzten Aufenthaltes in Havanna. Aus ihnen meinte El Conde das nahende Ende des Schriftstellers ablesen zu können. Hemingway hatte jetzt kaum mehr als zweihundert Pfund gewogen, und die letzten Eintragungen im Juli 1960 gaben sein Gewicht mit knapp einhundertneunzig an. Die ganze persönliche Tragödie Hemingways, das wirkliche Drama, lag in diesen Zahlen. Mehr als alle seine Romane, Briefe, Interviews und Aktivitäten zeugten sie von den Ängsten des Schriftstellers. Dort, alleine mit seinem Körper und einer gefühllosen, Unheil verkündenden Waage als Zeugin, hatte Hemingway die Chronik seines nahenden Todes geschrieben. Die Zahlen erzählten mehr als alle Worte.

Näher kommende Schritte schreckten El Conde aus seinen Grübeleien auf. Mit dem unschuldigsten Gesicht der Welt sah er ins Arbeitszimmer, wo der Museumsdirektor mit den Pässen stand.

»Wo hat er seine Feuerwaffen aufbewahrt?«, fragte er, bevor der andere etwas sagen konnte.

»Hier, neben dem Ankleideraum, im Waffenschrank. Die anderen Waffen befanden sich im zweiten Stock des Turms, zusammen mit den vielen Messern und Dolchen und den Massai-Lanzen, die er 1954 von seiner Safari mitgebracht hatte.«

»Dieser Waffennarr! Und die Thompson? War sie hier oder im Turm?«

»Normalerweise hat er sie im Turm aufbewahrt. Hier waren nur die Jagdgewehre und der Mannlicher-Karabiner, der hing immer über dem Regal.«

»Aber ich hab die Thompson doch hier gesehen, da geh ich jede Wette ein.« El Conde kramte in seinem Gedächtnis nach der Erinnerung an den genauen Ort. »Na schön … Welcher ist der von 1958?«, fragte er Tenorio, der die Pässe auf den Schreibtisch legte, in den grotesken Schatten des riesigen Büffelkopfes.

»Der hier«, sagte der Direktor und reichte ihm einen der Pässe. »Er wurde 1957 ausgestellt.«

El Conde blätterte das Dokument Seite für Seite durch, bis er das fand, was er suchte: den Stempel der Ausreise aus Kuba am 4. Oktober 1958 und, gleich daneben, einen zweiten desselben

Datums für die Einreise in die Vereinigten Staaten, Flughafen Miami, Florida.

»Ja … Am 2. Oktober hat er aufgehört zu schreiben und sich zum letzten Mal gewogen. Und am 4. ist er abgereist. Jetzt müssen wir nur noch herausfinden, was er am 3. gemacht hat. Manolo wird uns das gleich sagen.«

Der Teniente hatte bereits den größten Teil der Papiere gesichtet. »Das hier betrifft seine Grundstücksgeschäfte, Eigentumsurkunden und Empfangsbestätigungen und so weiter, aber aus den vierziger Jahren«, sagte er. »Ihr könntet mir ruhig mal helfen.« El Conde und der Museumsleiter traten zu ihm an den Schreibtisch.

»Was suchen Sie denn?«, erkundigte sich Tenorio.

»Alles, was mit dem 3. Oktober 1958 zu tun hat, wie gesagt … Seien Sie dem Teniente ein wenig behilflich, ich geh mal für ’n Moment raus, ich muss eine rauchen.«

El Conde durchquerte den Salon und betrachtete, bevor er das Haus verließ, noch einmal die Kulisse: die Stierkampfszenen an den Wänden, die leeren Sessel, die Hausbar mit den alt und nutzlos gewordenen, ausgetrockneten Flaschen. Er warf auch einen Blick ins Esszimmer mit den Jagdtrophäen und dem großen Tisch, der mit dem legendären Geschirr der Finca Vigía gedeckt war. Hinten in dem Zimmer, in dem Hemingway jeweils geschrieben hatte, sah er die Füße des Bettes, auf dem der Schriftsteller Siesta gehalten und seinen Rausch ausgeschlafen hatte. El Conde wusste: Bald kam er hier zu einem Ende, und er nahm innerlich Abschied von der Finca. Wenn sich seine Vorahnungen immer noch so zielsicher bewahrheiteten wie früher, würden viele Jahre vergehen, bevor er an diesen nostalgiebeladenen Ort der Literatur zurückkehren würde.

Mit der noch nicht angezündeten Zigarette im Mund ging er zum Garten hinunter, zum Brunnen, um den herum die Polizisten eine Grube von etwa dreißig Quadratmetern ausgehoben hatten. Erst hier, am Rande des Riesenlochs, mit dem Rücken gegen den kahlen Stamm eines afrikanischen Pfefferbaums gelehnt, zündete sich El Conde die Zigarette an und versuchte sich vorzustellen, wie es hier vor vierzig Jahren ausgesehen hatte. Die Trainingsplätze für Kampfhähne waren normalerweise rund, dachte er, wie die offiziellen Hahnenkampfplätze, die im Allgemeinen jedoch von ein Meter hohen, mit Jutesäcken behangenen Holzzäunen eingegrenzt waren und einen Kampfring von vier oder fünf Metern Durchmesser bildeten. Überdacht waren sie nicht, erinnerte er sich weiter, aber der Schatten von Mangobäumen, afrikanischen Pfefferbäumen oder einer Ceiba sorgten dafür, dass Kampfhahnzüchter, Trainer und Zuschauer es hier stundenlang aushalten konnten, ohne von der Sonne belästigt zu werden. El Condes Fantasie lief auf Hochtouren. Er sah Toribio vor sich, den Geschorenen, so wie er ihn einmal bei einem Hahnenkampf erlebt hatte. Mit Hose und Trägerhemd bekleidet, steht Toribio im Ring, in den Händen einen Hahn, und versucht, einen zweiten Hahn zu reizen, sein Blut in Wallung zu bringen. Die Sporen beider Hähne sind mit Stoff umwickelt, um ernste Verletzungen der Tiere zu vermeiden. Hemingway steht hinter der Absperrung aus Jutesäcken und beobachtet schweigend die Aktion. In sein Gesicht kommt Leben, als Toribio den Hahn in den Ring wirft. Die Tiere gehen aufeinander los, spreizen die tödlichen, im Moment aber nur dekorativen Sporen und wirbeln die Holzspäne vom Boden auf … Die Holzspäne! El Conde sah sie unter den Klauen hochspritzen, und dann wurde ihm alles klar. Man hatte den Toten an der einzigen Stelle vergraben, an der die aufgewühlte Erde keinerlei Verdacht erregen würde. Nachdem die Grube wieder zugeschüttet worden war, hatte man den Boden erneut mit Holzspänen bedeckt.

Gemächlich ging El Conde zum Haus zurück. Er setzte sich auf die Eingangstreppe und wartete. Er wusste, wenn er Hemingway einigermaßen richtig einschätzte, würde Manolo gleich mit einer Empfangsbestätigung herauskommen, die das Datum 3. Oktober 1958 trug. Und so war er nicht überrascht, die Stimme des Teniente zu hören, der mit einem Papier in der Hand auf ihn zukam.

»Ich hab's gefunden, Conde.«

»Wie viel hat er ihm gezahlt?«

»Fünftausend Pesos.«

»Zu viel. Auch für Hemingway.«

»Wer war Calixto Montenegro?«

»Ein zwielichtiger Bursche, der auf der Finca gearbeitet hat. Hemingway hat ihn am 3. Oktober entlassen. Er hat ihm eine Abfindung gezahlt und ihn, wenn ich mich nicht sehr irre, auf der *Pilar* nach Mexiko gebracht.«

»Warum das denn?«

»Weil Calixto als Einziger dabei war, als der FBI-Agent ermordet wurde … Obwohl ich mir sicher bin, dass er nicht der Einzige war, der gesehen hat, wie die Leiche auf dem Hahnenkampfplatz verbuddelt wurde.«

»Und wer hat den Mann nun umgebracht?«

»Das weiß ich noch nicht. Aber wir können es gleich rauskriegen. Vielleicht hast du Zeit und Lust, mit mir nach Cojímar zu fahren …«

»Tag, Ruperto.«

»Du schon wieder?«

»Ja, aber diesmal hab ich die Polizei mitgebracht. Die Dinge stehen schlecht, Ruperto. Das hier ist Teniente Palacios.«

»Ziemlich dünn für einen Teniente«, stellte Ruperto lächelnd fest.

»Das sag ich ja auch immer«, stimmte El Conde zu und setzte sich auf den Stein, auf dem er bereits am Morgen gesessen hatte. Ruperto lehnte noch an demselben Baum wie Stunden zuvor, seinen Panamahut auf dem Kopf und die Anlegestelle fest im Blick. Es schien, als hätte er sich nicht von seinem Platz fortbewegt und als wäre die Unterhaltung vom Morgen nur kurz unterbrochen worden. Lediglich die Zigarre, die er zwischen den Fingern hielt, zeugte von den seither vergangenen Stunden. Sie war fast bis zur Neige aufgeraucht und verströmte einen bitteren Gestank nach verbranntem Gras.

»Ich wusste, dass du wiederkommen würdest.«

»Hab ich Sie lange warten lassen?«, fragte El Conde, wobei er Manolo einen anderen Stein zum Sitzen anbot. Der Teniente hob den Stein hoch und trug ihn in die Nähe des Baums.

»Wie man's nimmt. Für mich spielt die Zeit keine Rolle mehr.

Seht mal«, er zeigte auf die andere Seite des Flusses, »es ist so, als säße ich da drüben.«

»Zwischen den Bäumen«, ergänzte El Conde.

»Genau da, zwischen den Bäumen«, bestätigte Ruperto. »Von dort sieht man vieles mit anderen Augen, nicht wahr?«

El Conde nickte und zündete sich eine Zigarette an. Manolo versuchte es seinem knochigen Hintern auf dem Stein irgendwie bequem zu machen. Er musterte den Alten und überlegte, welche Taktik sein Freund wohl verfolgte.

»Also, Ruperto«, begann El Conde, »auf dieser Seite des Flusses seh ich die Dinge folgendermaßen: In der Nacht vom 2. auf den 3. Oktober 1958 wurde ein FBI-Agent auf der Finca Vigía ermordet. Der Mann hieß John Kirk, falls Sie der Name interessiert.«

Er wartete auf irgendeine Reaktion des Alten, doch der sah in die Ferne, auf irgendetwas für alle anderen Unsichtbares jenseits des Flusses, zwischen den Bäumen. Vielleicht sah Ruperto den Tod.

»Hemingway verließ Kuba am 4. Oktober. Das Seltsame daran ist, dass er eine sehr wichtige Arbeit unterbrach, die er später nie beenden konnte. Er flog in die Vereinigten Staaten, um sich dort mit seiner Frau zu treffen, wie er sagte. Aber vorher, am 3., hat er Calixto entlassen und ihm eine Abfindung gezahlt. Fünftausend Pesos hat er ihm gegeben. Viel Holz, was?«

Dem Alten wurde es zu heiß. Er nahm seinen schmucken Hut ab und fuhr sich mit der Hand über die Stirn. Er hatte unverhältnismäßig große Hände, die von Runzeln und Narben überzogen waren.

»Eine normale Abfindung hätte zwei oder drei Monatsgehältern entsprochen … Und Calixto verdiente einhundertfünfzig Pesos. Wie viel haben Sie verdient?«

»Zweihundert. Raúl und ich waren die, die am meisten verdient haben.«

»Er hat wirklich gut gezahlt«, bemerkte Manolo. Auf die Rolle des Beobachters beschränkt zu sein und zu schweigen, hatte ihn immer schon nervös gemacht. Aber Mario hatte ihn gebeten, sich vollkommen zurückzuhalten, und jetzt erinnerte er ihn mit einem stummen Blick an sein Versprechen. Ganz wie in den alten Zeiten, als die beiden das gefragteste Ermittlerpaar der Kripozentrale waren und Mayor Rangel, der beste aller Kripochefs, die Kuba je gesehen hatte, sie immer zusammen zur Arbeit einteilte und ihnen sogar gewisse Extratouren gestattete, wenn es der Wahrheitsfindung diente.

»Diesen John Kirk hat man mit zwei Kugeln umgebracht«, fuhr El Conde fort und begann, etwas mit einem Zweig vor sich in den Sand zu zeichnen. »Aus einer Maschinenpistole, einer Thompson. Hemingway besaß eine Thompson, die seither unauffindbar ist. Im Haus ist sie nicht, und Miss Mary hat sie auch nicht mitgenommen. Er hat diese Waffe sehr geliebt, sogar in seinen Romanen kommt sie vor, glaub ich. Erinnern Sie sich an die Thompson?«

»Ja.« Der Alte setzte den Panamahut wieder auf. »Damit hat er Haie gejagt. Auch ich hab sie ein paar Mal benutzt.«

»Ah ja, genau die … Den toten Agenten hat man dann auf dem Grundstück der Finca vergraben. Aber nicht irgendwo, sondern unter dem Hahnenkampfplatz, ganz in der Nähe des

Wohnhauses. Man hat die Holzspäne abgetragen, hat eine Grube ausgehoben, die Leiche samt Dienstmarke in das Loch geworfen und es wieder zugeschüttet. Dann hat man Holzspäne drübergestreut, viele Holzspäne, damit niemand merkte, dass darunter eine Leiche lag … Wenn ich mich nicht irre, geschah das in der Nacht auf den 3. Oktober, vor Tagesanbruch, bevor die anderen Angestellten auf die Finca kamen.«

Das Lächeln, das kurz auf den Lippen des Alten aufzuckte, überraschte El Conde und ließ ihn daran zweifeln, ob er auf dem Weg zur Wahrheit war oder ob er sich im Dickicht der Vergangenheit verirrt hatte.

Er beschloss, zum entscheidenden Schlag auszuholen. »Ich gehe davon aus, dass drei oder vier Männer an der Beisetzung beteiligt waren, denn es musste schnell gehen. Ich gehe ferner davon aus, dass der FBI-Agent von einer der folgenden Personen getötet wurde: Calixto Montenegro, Raúl Villaroy oder ihrem Chef, Ernest Hemingway. Es würde mich aber auch nicht wundern, wenn es Toribio war, der Geschorene. Oder Sie, Ruperto.«

Wieder wartete El Conde auf eine Reaktion. Doch der Alte regte sich nicht. Als befände er sich an einem Ort, wo ihn weder die Worte des ehemaligen Kripobeamten noch die Nachmittagshitze oder die Gespenster der Vergangenheit erreichen konnten. Mario sah auf den Boden vor sich und beendete seine Zeichnung. Sie sollte eine Jacht auf stürmischer See darstellen, mit zwei riesigen Kakerlaken-Antennen.

»Und jetzt kommt die *Pilar* ins Spiel«, sagte er und schlug mit dem Zweig heftig auf den Boden. Ruperto senkte langsam den Blick.

»Die sah ganz anders aus«, stellte er fest.

»In Zeichnen und Werken hatte ich immer eine Fünf. Eine Katastrophe, die mich mein Leben lang begleitet hat … Nicht mal Papierschiffchen kann ich falten«, fügte er bedauernd hinzu. »Aber kommen wir zu der echten *Pilar* zurück. Sie stach am 3. Oktober in See und brachte Calixto nach Mexiko. Hemingway war nicht an Bord, er musste ja seine Reise in die Vereinigten Staaten vorbereiten. Sie aber, Sie waren an Bord, denn die Jacht wurde ja nur von Ihnen beiden gesteuert. Und noch einer von der Finca fuhr mit, als Matrose. War's Raúl? Oder Toribio? Ich glaub, es war Toribio. Raúl wird wohl dageblieben sein, um seinem Papa die Koffer zu packen … Übrigens, auf der Fahrt nach Mexiko ist auch die Thompson verschwunden. Sie liegt jetzt irgendwo im Golf von Mexiko, stimmt's?«

Und er zeichnete einen hohen Bogen von der Jacht aus und ließ ihn im aufgewühlten Meer der Fantasie versinken. Er legte den Zweig zur Seite und schaute den Alten erwartungsvoll an.

Ruperto starrte wieder auf die andere Seite des Flusses. »Sie glauben wohl, Sie wüssten alles, ja?«

»Nein, Ruperto. Aber ich weiß ein paar Dinge, stelle mir ein paar andere vor und würde gern noch ein paar mehr wissen. Deswegen bin ich hier. Weil Sie diese Dinge wissen. Vielleicht nicht alle, aber wenigstens ein paar …«

»Und wenn es tatsächlich so wäre, wie Sie sagen, warum sollte ich Ihnen davon erzählen?«

El Conde angelte sich eine weitere Zigarette aus dem Päckchen und steckte sie sich zwischen die Lippen. Mit dem Feuerzeug in der Hand hielt er plötzlich inne.

»Aus mehreren Gründen«, erwiderte er. »Erstens, weil ich nicht glaube, dass Sie der Mörder sind. Zweitens, weil Sie ein anständiger, loyaler Mensch sind. Als Sie die *Pilar* verkaufen konnten, haben Sie das nicht getan und sie dem Staat übergeben, damit sie Teil des Museums wurde. Und die Jacht war einige Tausend Dollar wert! Mit dem Geld hätte sich Ihr Leben schlagartig verändert. Aber nein, das Andenken an Papa war Ihnen wichtiger. So etwas ist heutzutage selten, ist sozusagen nicht mehr üblich. Was wie eine Dummheit aussieht, ist in Wirklichkeit eine unglaublich edle Geste. Und damit sind wir beim dritten Grund, warum Sie mir bestimmte Dinge erzählen sollten. Kann sein, dass Hemingway den Agenten getötet hat, aber es kann genauso gut sein, dass er es nicht war. Wenn er es aber war und wir das an die Öffentlichkeit bringen, wird man ihn in der Luft zerreißen. Die Leute mögen so Typen wie ihn nicht. Zu viele Waffen, zu viele Prügeleien, zu viele Heldentaten. Und auch wenn Sie es nicht wahrhaben wollen, er hat sich vielen Menschen gegenüber ziemlich beschissen verhalten. Wenn wir verlauten lassen, dass er ein Mörder war, geht auch das noch zum Teufel, was von ihm übrig geblieben ist. Aber vielleicht hat Hemingway es ja nicht getan. Vielleicht hat der selbstgefällige Mann, den die Leute nicht mögen, an jenem Tag etwas getan, was Respekt abverlangt. Vielleicht hat einer seiner Angestellten den FBI-Agenten getötet, er wollte ihn decken und hat die Leiche auf seiner Finca vergraben. Das wäre doch eine Tat, die Respekt verdient, meinen Sie nicht? Und wie ich Ihnen schon gesagt habe: Ich fände es nicht richtig, wenn man ihm einen Mord anhängt, den er nicht begangen hat.«

Ruperto schob sich den Zigarrenstummel zwischen die Lippen und rieb seinen Rücken am Baumstamm, als suche er eine komfortablere Position für sein Gerippe und sein Selbstvertrauen. In den Runzeln um seine Augen begann es verdächtig zu glitzern. El Conde beschloss, die letzte Karte auszuspielen und auf volles Risiko zu gehen.

Zuvor jedoch zündete er sich die Zigarette an. »Was in der Nacht vom 2. auf den 3. Oktober 1958 geschah, war eine Katastrophe für Hemingway. Ich weiß nicht, ob Sie wissen, dass er sich in seinen letzten Lebensjahren vom FBI verfolgt fühlte. Die Ärzte glaubten, es handle sich um Einbildung, eine Art Verfolgungswahn. Und um ihn davon zu kurieren, verpassten Sie ihm fünfundzwanzig Elektroschocks. Diese Arschlöcher!«, konnte er sich nicht verkneifen zu rufen. »Zuerst fünfzehn, dann noch mal zehn. Sie wollten ihm den Verfolgungswahn austreiben, der ihn um den Verstand zu bringen drohte. Aber was haben sie damit erreicht? Sie haben ihm das Hirn geröstet und ihn danach mit tausend Tabletten vollgestopft … Sie haben aus ihm eine lebende Leiche gemacht. Hemingway konnte nie wieder schreiben, weil man ihm zusammen mit dem Verfolgungswahn auch einen Teil des Gedächtnisses ausgebrannt hatte, und ohne Gedächtnis kann man nicht schreiben. Er mag ja vieles gewesen sein, aber vor allem war er Schriftsteller. Mit anderen Worten, man hat sein Leben vermasselt. Und das ist sehr traurig, Ruperto. Soweit bekannt ist, hatte euer Papa weder Krebs noch sonst irgendeine tödliche Krankheit. Aber sie haben ihn kastriert. Er, der immer allen beweisen wollte, dass er ein ganzer Kerl war, der seine Eier allen gezeigt hat, damit sie sehen konnten, dass er welche hatte, er wurde kastriert, hier oben.« Mario schlug sich mit der flachen Hand gegen die Schläfe, zwei-, dreimal, heftig, wütend, bis es wehtat. »Und ohne das konnte er nicht weiterleben. Deswegen hat er sich eine Kugel in den Kopf gejagt, Ruperto, aus keinem anderen Grund! Und dieser Schuss ging sozusagen schon in der Nacht des 2. Oktober 1958 los … Aber angenommen, er hat den Agenten gar nicht selbst erschossen, dann brauchte er wirklich Eier, um den Täter zu decken, und er hat es teuer bezahlt. Meinen Sie nicht auch, Ruperto?«

El Conde wusste, dass seine Worte erbarmungslos wie ein Messer ins Fleisch der Erinnerung geschnitten hatten. Darum erstaunte es ihn auch nicht, als er sah, wie aus den Augenwinkeln des Greises Tränen über das verschwitzte, runzlige Gesicht liefen. Doch Ruperto wischte sie weg, er gab den Kampf noch nicht verloren.

»Papa hatte Leukämie. Deswegen hat er sich umgebracht.«

»Leukämie ist nie diagnostiziert worden.«

»Er hat an Gewicht verloren, wurde immer dünner …«

»Zuletzt wog er nur noch einhundertfünfundfünfzig Pfund. Sah aus wie der Tod auf Urlaub.«

»Weil er krank war … War er wirklich so dünn?«

»Fünfundzwanzig Elektroschocks, Ruperto, und Tausende von Tabletten! Wenn das nicht gewesen wäre, würde er vielleicht heute noch leben, wie Sie, wie Toribio. Aber sie haben ihn fertig gemacht, und jetzt will man ihm diesen Mord anhängen. Das hat ihm gerade noch gefehlt … Das FBI hat ihn tatsächlich bespitzelt. Der Chef dieser Leute hasste ihn, einmal hat er sogar das Gerücht in die Welt gesetzt, Hemingway sei schwul.«

»Das ist eine verdammte Lüge!«

»Also, Ruperto, wollen wir ihn nun retten oder endgültig fertig machen?«

Der Alte wischte sich wieder die Tränen vom Gesicht, diesmal aber wirkte die Geste sichtlich erschöpft. El Conde fühlte sich hundserbärmlich. Hatte er irgendein Recht dazu, einem alten Mann die schönsten Erinnerungen seines Lebens zu zerstören? Auch deshalb, weil er nicht mehr zu so etwas gezwungen sein wollte, hatte er den Polizeidienst quittiert.

»Papa war für mich das Größte auf der Welt«, sagte Ruperto. Seine Stimme klang plötzlich alt. »Seit ich ihn kenne, hat er mich ernährt, bis heute, und dafür muss man dankbar sein.«

»Ja, dafür muss man dankbar sein, natürlich.«

»Ich weiß nicht, wer den Scheißkerl umgebracht hat, der sich auf die Finca geschlichen hatte«, sagte der Alte, ohne seinen Gesprächspartner anzusehen. Er sprach wie zu etwas Fernem, vielleicht sprach er zu Gott. »Hab ihn nie danach gefragt ... Als Toribio an meine Tür klopfte, so um drei Uhr morgens, und zu mir sagte, komm, Ruperto, ich soll dich holen, hat Papa gesagt, da bin ich mit ihm zur Finca gegangen. Raúl und Calixto waren dabei, das Loch auszuheben, und Papa stand daneben mit seiner großen Taschenlampe. Er sah besorgt aus, aber nervös war er nicht, ganz bestimmt nicht. Er wusste genau, was er tat. ›Es gab da ein Problem, Rupert‹, hat er zu mir gesagt. ›Mehr kann ich dir nicht verraten, klar?‹ Und ich hab geantwortet: ›Ist nicht nötig, Papa.‹ Auch Toribio hat er nichts erzählt, aber Raúl schon, glaub ich. Raúl war wie ein Sohn für ihn. Und dass Calixto wusste, was passiert war, das weiß ich genau. ›Los, helft mit beim Ausschachten‹, hat Papa uns aufgefordert. Toribio und ich haben die Schaufeln genommen. Als das Loch fertig war, haben Calixto und ich, wir waren die Kräftigsten, wir haben also den Toten geholt. Er war sauschwer. Lag in einer Decke vor der Tür zur Bibliothek. Wir haben ihn also zum Loch geschleppt und hineingeworfen. Und dann hat Papa noch die Blechmarke hinterhergeworfen. ›Raúl, Toribio, schaufelt ihn zu und streut Holzspäne drauf, damit es wieder so aussieht wie 'n normaler Kampfplatz‹, hat Papa gesagt. ›Und beeilt euch, es wird schon hell, gleich kommt Dolores. Calixto, Rupert, ihr kommt mit.‹ Wir drei gingen ins Haus zurück. Wo der Tote gelegen hatte, war ein Blutfleck zu sehen, der bereits trocknete.

›Mach das sauber, Rupert, ich muss mit Calixto reden.‹

Ich machte mich daran, das Blut zu entfernen. War 'ne Scheißarbeit, aber am Ende war alles sauber. Papa und Calixto flüsterten in der Bibliothek miteinander, ganz leise. Ich hab gesehen, wie Papa ihm Geld und ein paar Papiere gegeben hat.

›Fertig, Rupert? Gut, dann komm her … Du nimmst jetzt den Buick und fährst mit Calixto und Toribio nach Cojímar. Da machst du die *Pilar* klar zum Auslaufen und bringst Calixto nach Mérida. Danach kommst du zurück. Und das hier werft ihr ins Meer.‹

Papa nahm die Thompson in die Hand und sah sie eine Weile an. Es tat ihm in der Seele weh, dass er sich von ihr trennen musste. ›Wie soll ich Gigi das nur beibringen …‹, murmelte er. Es war die Lieblingswaffe von Gigi, seinem Sohn.«

»Klar, Mensch!«, rief El Conde, »ich hab die Thompson auf einem Foto gesehen! Hemingways Sohn hatte sie in der Hand.«

»Sie war klein, leicht zu handhaben«, sagte Ruperto.

»Erzählen Sie bitte weiter.«

»Papa wickelte sie in ein Tischtuch, zusammen mit einer schwarzen Pistole, und übergab Calixto das Paket.

›Los, es wird gleich hell.‹

Er gab mir einen Klaps, hier, in den Nacken. Calixto schüttelte er die Hand. Er sagte etwas zu ihm, was ich nicht verstehen konnte, und Calixto erwiderte: ›Der Scheißkerl hat's verdient, Ernesto.‹ Er war der Einzige von uns, der ihn ›Ernesto‹ nannte.

›Du wirst deinen Traum verwirklichen, Calixto. Genieße Veracruz, ich sag dir Bescheid, wenn ich mich in eine Kubanerin verliebe ...‹

Das hat Papa zu ihm gesagt. Als wir aus dem Haus kamen, waren Raúl und Toribio mit ihrer Arbeit bereits fertig. Wir drei, Calixto, Toribio und ich, stiegen in den Buick und fuhren los. Ich tat das, was Papa mir aufgetragen hatte, ich brachte Calixto nach Mérida. Unterwegs warf Calixto die Thompson und die Pistole ins Meer. Das Tuch schwamm auf der Oberfläche, bis wir es nicht mehr sehen konnten. Als ich am nächsten Abend zurückkam und den Buick zur Finca brachte, sagte mir Raúl, dass Papa zum Flughafen gefahren sei und mir und Toribio eine Nachricht hinterlassen habe.«

Ruperto machte eine kurze Pause und warf den Zigarrenstummel in den Fluss.

»Er schrieb uns, dass er uns liebe, als wären wir seine leiblichen Söhne, und dass er sich auf uns verlasse, weil wir ganze Männer seien ... Papa konnte Dinge sagen, die einen stolz machten, nicht wahr?«

Die Massai pflegen zu sagen: Ein Mann allein ist nichts wert. Aber was sie in Jahrhunderten des Kampfes gegen die Gefahren der Ebenen ihres Landes am besten gelernt haben, ist, dass ein Mann ohne seine Lanze weniger wert ist als nichts. Jäger von alters her und ausdauernde Läufer, gehen sie nur in Gruppen auf die Jagd, vermeiden Kämpfe, wo immer sie können, und schlafen mit ihrer Lanze im Arm, häufig mit dem Dolch im Gürtel, denn auf diese Weise genießen sie den Schutz des Gottes der Steppen.

Das Bild von Männern, die um ein Feuer hocken und miteinander reden unter einem schwarzen, sternenlosen Himmel, blitzte in seinem Geist auf, der übergangslos vom Schlaf ins Bewusstsein zurückfand, und durch die beschlagenen Gläser seiner Brille erblickte er den Unbekannten, der das schwarze Spitzenhöschen von Ava Gardner in der Hand hielt, zusammen mit dem Revolver Kaliber 22.

Der Eindringling stand reglos da und starrte ihn an, als begreife er nicht, wie es ihm möglich war, die Augen zu öffnen und ihn anzusehen. Der Mann war so groß und dick wie er und auch etwa genauso alt. Doch er atmete schwer, vielleicht aus Angst oder aber wegen der Last seines riesigen Bauches. Er trug ein dunkles Jackett, eine dunkle Krawatte, ein weißes Hemd und auf dem Kopf einen schwarzen, schmalrandigen Hut. Man musste nicht die Dienstmarke sehen, um seinen Beruf zu erraten.

Zu wissen, dass da ein Agent und nicht irgendein Einbrecher vor ihm stand, ließ ihn einigermaßen erleichtert aufatmen. Nur beschämte ihn, dass er Angst verspürt hatte. Noch im Liegen nahm er die Brille ab und begann sie mit dem Laken zu putzen.

»Besser, Sie bewegen sich nicht«, sagte der Mann, der inzwischen den 22er ausgewickelt hatte. »Ich will keine Probleme. Keine Probleme bitte.«

»Sind Sie sicher?«, fragte er und setzte die Brille wieder auf. Er richtete sich im Bett auf, versuchte ruhig zu bleiben.

Der Mann trat schwerfällig einen Schritt zurück.

»Sie dringen in mein Haus ein und sagen, Sie wollen keine Probleme.«

»Ich will nur meine Dienstmarke und meine Pistole wiederhaben. Sagen Sie mir, wo sie sind, und ich gehe.«

»Wovon sprechen Sie?«

»Stellen Sie sich nicht dumm, Hemingway. Ich hab zwar was getrunken, aber so viel nun auch wieder nicht ... Hab sie irgendwo hier verloren ... Und sagen Sie dem verdammten Köter, er soll aufhören zu bellen.«

Der Mann war sichtlich nervös, und das konnte gefährlich werden.

»Ich werde jetzt aufstehen«, sagte er und streckte beruhigend seine leeren Hände vor.

»Gut, und sorgen Sie dafür, dass das Tier ruhig ist.«

Er schlüpfte in die Mokassins, die neben dem Bett standen. Der andere, immer noch den Revolver in der Hand, trat zur Seite, um ihn in den Salon vorgehen zu lassen. Als er dicht an dem Mann vorbeiging, nahm er den säuerlichen Geruch von Schweiß und Angst wahr, der jedoch die Alkoholfahne nicht überlagern konnte. Er wollte lieber nicht zum Regal hinübersehen, war aber sicher, dass die Thompson nach wie vor an ihrem Platz stand. Aber es würde wohl nicht nötig sein, sich ihrer zu bedienen. Im Salon öffnete er ein Fenster und pfiff Black Dog zu sich. Der Hund war ebenso nervös wie der Mann und wedelte mit dem Schwanz, während Hemingway beruhigend auf ihn einsprach.

»Ist gut, Black Dog, ist ja gut ... Aus jetzt, du hast mir ja gezeigt, was für ein großer Hund du bist.« Das Tier, noch knurrend und mit aufgestellten Ohren, legte die Vorderpfoten auf die äußere Fensterbank. »So ist brav«, sagte er und kraulte ihm den Kopf.

Als er sich umdrehte, sah er, dass der Agent spöttisch grinste. Der Mann wirkte jetzt ruhiger, und das war auch gut so.

»Geben Sie mir meine Plakette und meine Pistole, und ich verschwinde. Ich will keine Probleme mit Ihnen ... Darf ich?« Er zeigte mit dem Revolver auf die Hausbar zwischen den beiden Sesseln.

»Bedienen Sie sich.«

Der FBI-Agent ging zu der kleinen Bar, und da entdeckte er, dass der Mann das rechte Bein nachzog. Ohne den Revolver aus der Hand zu legen, gelang es ihm, die Ginflasche zu entkorken und sich ein halbes Glas einzugießen. Er trank einen großen Schluck.

»Ich liebe Gin.«

»Nur Gin, sonst nichts?«

»Unter anderem. Rum hab ich heute schon zu viel gehabt. Den kann man trinken wie Wasser, und hinterher ...«

»Was wollen Sie auf meiner Finca?«

Der Mann grinste wieder. Seine Zähne waren groß, schief und krumm und nikotingelb. »Reine Routine. Wir kommen von Zeit zu Zeit vorbei, schauen uns um, notieren, wer bei Ihnen zu Gast ist, schreiben Berichte. Heute war alles so ruhig, da bin ich über den Zaun gesprungen …«

Eine Welle der Empörung stieg in ihm hoch und vertrieb den Rest der Angst, die er noch im Bett verspürt hatte. »Aber was zum Henker …?«

»Rasten Sie nicht gleich aus, Hemingway! Kein Grund zur Aufregung. Sagen wir es einmal so, damit Sie mich richtig verstehen: Sie mögen die Kommunisten und wir nicht. Sie haben viele kommunistische Freunde, in Frankreich, in Spanien und sogar in den Vereinigten Staaten. Und hier auch. Ihr Arzt zum Beispiel ist einer. Dieses Land befindet sich im Krieg, und im Krieg können Kommunisten sehr gefährlich werden. Manchmal wagen sie sich nicht aus ihren Löchern, aber sie liegen immer auf der Lauer und warten auf ihre Chance.«

»Und was hab ich damit zu schaffen?«

»Wie es aussieht, nichts, ehrlich gesagt. Bis jetzt jedenfalls. Aber Sie reden viel, und es ist bekannt, dass Sie ihnen Geld gegeben haben, stimmt das?«

»Mein Geld gehört mir und …«

»Warten Sie, warten Sie! Ich bin nicht hier, um mit Ihnen über Ihr Geld zu diskutieren oder über Ihre politischen Ansichten. Ich will meine Dienstmarke und meine Pistole, sonst nichts.«

»Ich hab die Sachen hier nicht gesehen.«

»Aber Sie müssen sie gesehen haben! Hab sie zwischen Zaun und Swimmingpool verloren. Hab überall gesucht, aber nichts. Muss passiert sein, als ich über den Zaun gesprungen bin …«

»Tut mir leid. Hier ist nichts, was Ihnen gehört. Und jetzt geben Sie mir meinen Revolver zurück und verschwinden Sie.«

Der Mann trank noch einen Schluck, stellte das Glas ins Regal und tastete nach einer Zigarette. Er zündete sie an, stieß den Rauch durch die Nase aus und hustete. Vom Husten stiegen ihm Tränen in die Augen, und seine Stimme hörte sich weinerlich an. »Sie machen mir unnötig das Leben schwer, Hemingway. Im Dezember geh ich nach dreißig Dienstjahren in Pension, wegen Invalidität. Irgend so 'n Schwein hat mir das Knie kaputtgeschossen, und jetzt bin ich im Arsch ... Ich kann denen doch nicht erzählen, dass ich meine Marke verloren hab, als ich auf Ihr Grundstück gesprungen bin. Und schon gar nicht, dass die Pistole weg ist. Verstehen Sie?«

»Das werden die sowieso erfahren ... Wenn ich's der Presse erzähle ...«

»Ich bitte Sie, Hemingway, hauen Sie mich nicht in die Pfanne.«

»Aber Sie, Sie können mich in die Pfanne hauen und auch noch schmoren lassen, was?«

Der Mann schüttelte den Kopf. Er sprach und rauchte, ohne die Zigarette aus dem Mund zu nehmen. »Hören Sie, Hemingway, ich bin ein Nichts, mich gibt es gar nicht. Ich bin nur 'ne Nummer in einer riesigen Abteilung. Reißen Sie mich nicht rein, bitte! Die Berichte über Sie, die hab ich nicht geschrieben. Ich hab nur den Auftrag, Sie zu überwachen, das ist alles. Sie und fünfzehn andere verrückte Amerikaner, die sich wie Sie hier in der Stadt aufhalten und die Kommunisten mögen.«

»Das ist eine Sauerei!«

»Jawohl, das ist eine Sauerei. Fahren Sie nach Washington und sagen Sie das unserm Chef. Oder gleich dem Präsidenten der Vereinigten Staaten persönlich. Die geben nämlich die Anweisungen. Nicht mir direkt, natürlich. Zwischen denen und mir gibt's noch Tausende von Vorgesetzten …«

»Und seit wann werde ich überwacht?«

»Was weiß ich … Seit den dreißiger Jahren, glaub ich. Ich hab erst seit zwei Jahren damit zu tun, seit ich der Botschaft in Havanna zugeteilt worden bin. Und ich verfluche den Scheißtag, als ich mich bereit erklärt habe, in dieses Scheißland zu gehen! Sehen Sie, wie ich schwitze, die Feuchtigkeit ist Gift für mein Knie, und der Rum weicht mein Hirn auf … Sagen Sie, mit dem ganzen Geld, das Sie haben, wie zum Teufel sind Sie auf die Idee gekommen, gerade hier zu leben?«

»Welche Informationen haben Sie über mich gesammelt?«

»Nichts, was nicht allgemein bekannt ist.« Jetzt nahm er doch die Zigarette aus dem Mund und trank das Glas leer. »Wohin soll ich mit der Asche?«

Er ging zum Regal, das unter dem Fenster stand, und dachte plötzlich: Wie absurd, dass dieser Mensch mit seiner Zigarettenasche den herrlichen venezianischen Kristallaschenbecher, ein Geschenk seiner alten Freundin Marlene Dietrich, beschmutzen würde. Er warf dem Polizisten den Aschenbecher zu, und der fing ihn mit einer trotz des Alters, der Leibesfülle und des Alkoholspiegels flinken Bewegung auf und bedankte sich.

»Sie haben meine Frage immer noch nicht beantwortet«, insistierte er.

»Mr Hemingway, bitte … Sie wissen doch, dass Hoover Sie nicht mag, oder?« Der Mann wirkte jetzt müde. Er hob den Blick und sah, dass die Wanduhr zehn vor zwei zeigte. »Ich habe nur weitergegeben, was alle Welt weiß: wer Sie besucht, wie es hier auf den Partys zugeht, wer von Ihren Freunden Kommunist ist und wer es sein könnte. Sonst nichts. Das über Ihren Alkoholismus und über die hässlichen Dinge aus Ihrem Privatleben stand schon in Ihrem Dossier, als ich nach Kuba gekommen bin. Außerdem … ich trinke selber viel zu gerne, als dass ich über Kollegen schlecht reden würde«, fügte er lächelnd hinzu.

Das erste Symptom dafür, dass sich sein Blutdruck erhöht hatte, war das Stechen in den Schläfen, dem im nächsten Moment eine totale Gefühllosigkeit im Hinterkopf folgen konnte, direkt an der Schädelbasis. Danach kam die Hitze in den Ohren. Doch niemals zuvor war der stechende Schmerz so heftig gewesen. Was meinte er mit »hässliche Dinge aus dem Privatleben«? Was wussten diese Leute über ihn, diese Gorillas, die sich ungestraft auf dem Antlitz der Erde bewegen durften?

»Was meinen Sie mit ›hässlichen Dingen‹?«

»Wäre es nicht besser, Sie geben mir jetzt meine Dienstmarke und meine Pistole zurück und ich verschwinde, und alles ist in Butter? Ich glaube, ja …«

Er dachte einen Moment lang darüber nach und entschied sich dann für einen Kompromiss: »Die Pistole hab ich nirgendwo gesehen. Ihre Dienstmarke, ja, die lag neben dem Swimmingpool, unter der Pergola.«

»Natürlich«, sagte der Mann grinsend, »hab ich's doch gewusst! Ich hatte mich 'n Moment hingesetzt und 'ne Zigarette geraucht. Mein Knie tat mir weh … Und die verdammte Pistole, lag die nicht auch da?«

»Nein ... Ich geb Ihnen die Marke aber nur, wenn Sie mir sagen, was in meinem Dossier steht.«

Der Agent drückte die Kippe im Aschenbecher aus und stellte ihn auf den Teppich. »Großer Gott, Hemingway! Hören Sie auf, mich fertig zu machen, und geben Sie mir meine Plakette!« Seine Stimme klang jetzt hart, seine Augen drückten Hass und gleichzeitig Verzweiflung aus.

»Dienstmarke gegen Information!«, rief er, und Black Dog fing wieder an zu bellen.

»Der Scheißköter soll endlich still sein! Gleich kommt noch Ihr Wachposten ...«

»Die Information!«, beharrte er.

»Verfluchte Scheiße!« Der Mann hob den Revolver und zielte auf die Brust des Schriftstellers. »Bringen Sie den Köter zum Schweigen, oder ich knall ihn ab!«

»Wenn Sie den Hund erschießen, kommen Sie hier nicht lebend raus. Also, was steht in meinem Dossier?«

Der Mann schwitzte aus allen Poren, der Schweiß rann ihm in Bächen übers Gesicht. Den Revolver auf Hemingway gerichtet, schob er sich den Hut in den Nacken und wischte sich mit der Linken die Stirn ab.

»Seien Sie nicht albern, Hemingway! Ich darf's Ihnen nicht sagen.«

»Dann geb ich Ihnen auch nicht Ihre Dienstmarke. Ich ruf jetzt die Wache.«

Black Dog bellte immer noch, als er sich dem Fenster näherte. Er hatte das Gefühl, sein Kopf würde platzen. Er konnte keinen klaren Gedanken mehr fassen. Er wusste nur noch, dass er die Verzweiflung des FBI-Agenten ausnutzen musste, um ihn zum Reden zu bringen. Der überraschte Polizist brauchte eine Weile, bevor er reagierte, dann ging er auf Hemingway zu und streckte den Arm aus, um ihn an der Schulter festzuhalten. Das gelang ihm auch, doch Hemingway hatte inzwischen einen der massiven Silberleuchter aus der Extremadura gepackt. Er drehte sich um und schlug auf den Polizisten ein. Er traf ihn am Hals, mit voller Wucht, aber nicht platziert. Der Polizist wich zurück, die Linke auf die Stelle gepresst, an der ihn der Schlag getroffen hatte, während er mit dem Revolver nach wie vor auf den Schriftsteller zielte.

»Was soll der Scheiß! ... Ich bring dich um, du schwule Sau!«

Der erste Schuss hallte durchs Haus. Der FBI-Agent taumelte nach links und fasste sich an den Bauch. Er wankte, als wäre er total betrunken, versuchte das Gleichgewicht wiederzugewinnen und den Revolver auf Hemingway zu richten. Als er ihn vor der Mündung hatte, fiel der zweite Schuss. Die Augen weit aufgerissen, die linke Hand auf dem Bauch, die rechte um den Revolvergriff geklammert, kippte der Mann zur Seite, als hätte ihm jemand freundschaftlich auf die Schulter geklopft.

Calixto ließ die Thompson sinken. Neben ihm, in der Tür, stand Raúl, in der zitternden Hand eine schwarz glänzende, noch rauchende Pistole. Erst jetzt ließ auch er die Waffe sinken, während Calixto sich dem am Boden liegenden Mann widmete. Er trat mit dem Stiefel auf die Hand, die den 22er umklammert hielt, und mit dem anderen Fuß beförderte er den Revolver in eine Ecke.

»Alles in Ordnung, Papa?« Raúl ging zu ihm.

»Weiß nicht, ich glaub, ja.«

»Wirklich?«

»Ich hab doch gesagt, ja! Und die Pistole? Woher hast du die Pistole?«

»Muss wohl die von dem da sein. Calixto und ich haben sie im Garten gefunden.«

»Der Scheißkerl hätte dich umgebracht, Ernesto«, sagte Calixto.

»Meinst du?«

»Ja, das meine ich«, sagte Calixto und lehnte die Thompson gegen die Wand.

»Warum wolltest du nicht mit in die Zentrale?«

»Ich will da nicht mehr hin.«

»Bist du nie mehr dort gewesen?«

»Nein, kein einziges Mal.« El Conde beugte sich über den Herd, um sich zu vergewissern, dass der Kaffee durchzulaufen begonnen hatte. »Ich bin kein Polizist mehr und gedenke es nie wieder zu werden.«

Teniente Manuel Palacios saß am Tisch und fächelte sich mit einer alten Zeitung Luft zu. Sosehr er auch darauf bestanden hatte, El Conde weigerte sich hartnäckig, mit dem neuen Chef der Kripozentrale zu reden. Er hatte nur eingewilligt, von Manolo nach Hause gefahren zu werden.

Mario nahm eine große Steinguttasse aus dem Schrank, löffelte die erforderliche Menge Zucker hinein und goss dann den

Kaffee darüber. Mit fachmännischem Ernst rührte er den Kaffee um, bis die dunkle Flüssigkeit aufschäumte, und schüttete ihn zurück in die gusseiserne Kanne. Dann goss er seinem Freund eine kleine Tasse und sich selbst die große ein, die er zum Aufschäumen benutzt hatte. Er atmete den heißen, aromatischen Duft ein und verspürte bereits die wohlbekannte Vorfreude auf dem Gaumen. Zuletzt schüttete er etwas Kaffee in eine Schale und rief seinen Hund, der unter dem Tisch döste. »Aufstehn, Basura, Kaffee ist fertig!«

Das Tier streckte sich und schlich zu seiner Schale. Er steckte die Zunge hinein und zuckte zurück.

»Du musst erst pusten, Basura, der Kaffee ist heiß.«

»Anstatt ihm Kaffee zu geben, solltest du ihn mal baden.«

»Kaffee mag er lieber ... Und, ist er gut?«

»Saugut«, bestätigte Manolo. »Wo kriegst du eigentlich so einen guten Kaffee her, Conde?«

»Aus der Dominikanischen Republik. Schickt mir ein Freund vom Alten, der jetzt auch mein Freund ist. Freddy Ginebra. Müsstest du auch kennen.«

»Nein, kenn ich nicht.«

»Komisch! Jeder kennt Freddy Ginebra ... Und, was hast du jetzt vor?«

»Weiß ich noch nicht so genau. Einiges werden wir nie erfahren, glaub ich. Auf jeden Fall will ich mit Toribio sprechen und mit dem Sohn von Raúl Villaroy. Vielleicht wissen die ja was ...«

»Sie wissen nichts. Weder Hemingway noch Calixto oder Raúl haben irgendwem erzählt, was in der Nacht vom 2. auf den 3. Oktober geschehen ist. Meiner Meinung nach waren sie die

Einzigen, die die ganze Geschichte kennen. Und alle drei sind tot.«

El Conde rauchte und schaute durchs offene Fenster. »Wir haben alles erfahren, was man erfahren kann …«

»Für mich ist klar, dass Calixto den Agenten getötet hat. Sonst hätte Hemingway ihn nicht nach Mexiko bringen lassen.«

»Da bin ich mir nicht so sicher. In jener Nacht kann sich alles Mögliche abgespielt haben. Möglicherweise hat Calixto nur gesehen, was passiert ist. Oder das FBI war hinter ihm her und nicht hinter Hemingway … Außerdem, warum Calixto nach Mexiko schicken, nachdem die Leiche so gut versteckt war? Kann genauso gut ein Ablenkungsmanöver gewesen sein … Nein, das Ganze ist irgendwie seltsam. Und deswegen bin ich nicht sicher, dass es Calixto war.«

»Was ist los mit dir, Conde? Warum willst du der Wahrheit nicht ins Gesicht sehen? Hemingway hat Calixto aus Kuba fortgebracht, um ihn vor Strafe zu schützen. Wäre ihm doch zuzutrauen, oder?« Manolo sah seinen ehemaligen Kollegen unverwandt an. »Und wenn er Calixto gedeckt hat, hat er sich doch wirklich wie ein Freund verhalten, nicht wahr?«

»Und warum waren eigentlich alle mit von der Partie, als die Leiche vergraben wurde? Auf der Finca haben sich an dem Abend nur Hemingway und Calixto aufgehalten, aber dann tauchten plötzlich Raúl und Toribio auf, und dann wurde auch noch Ruperto geholt. Ist das nicht merkwürdig? Und die zweite Kugel? Wo verdammt noch mal ist die zweite Kugel? Und aus welcher Waffe stammte sie? Auch aus der Thompson?«

»Conde, Conde …«, sagte Manolo kopfschüttelnd.

»Und wenn die zweite Kugel nicht aus der Thompson stammt? Wenn Hemingway den Mann umgebracht hat, und wenn er Calixto aus einem ganz anderen Grund nach Mexiko gebracht hat? Ich weiß nicht … Zum Beispiel, damit er nicht redet …«

»Mann, Conde, du kannst wirklich alles kompliziert machen. Hör mal, eins will mir nicht in den Kopf gehen: Was hatte der FBI-Agent in dem Haus zu suchen? Wollte er tatsächlich nur seine Pistole und die Dienstmarke holen? Ihn bespitzeln ist eine Sache, bei ihm eindringen eine ganz andere … Schließlich war Hemingway nicht irgendein Blödmann, den sie einfach so unter Druck setzen konnten. Und was ich auch nicht kapiere, warum haben sie die Dienstmarke nicht ins Meer geworfen?«

Manolo nahm sich eine Zigarette aus Marios Schachtel und stand auf. Er ging zur Tür, die auf die Terrasse und den von einem alten Mangobaum beschatteten Innenhof führte.

»Ich würde gerne die fünfzehn fehlenden Seiten aus dem FBI-Dossier sehen.« Manolo blies den Rauch in die Luft und drehte sich um. »Ich weiß nicht, warum, aber ich glaube, da liegt der Schlüssel zu dem, was in der Nacht vom 2. auf den 3. Oktober 1958 geschehen ist.«

»Es gibt Geheimnisse, die können tödlich sein. In diesem Fall hat es wenigstens zwei Menschen den Tod gebracht: dem FBI-Agenten und Hemingway. Am Ende haben alle verloren.«

»Na, na … Ist er dir jetzt plötzlich nicht mehr so unsympathisch?«

»Weiß nicht. Warten wir mal ab, bis sich der Sturm gelegt hat.«

»Weißt du was? Ich hab die Geschichte noch mal gelesen, du weißt schon, *Großer doppelherziger Strom*.«

»Und?«

»Eine merkwürdige Geschichte, Conde. Es passiert so gut wie nichts, aber man hat das Gefühl, dass eine ganze Menge passiert. Er sagt vieles gar nicht, man muss es sich vorstellen.«

»Ja, das konnte er. Wie bei einem Eisberg, erinnerst du dich? Sieben Achtel befinden sich unter der Wasseroberfläche, und nur ein Achtel ist zu sehen, nur die Spitze. Wie jetzt in dieser Geschichte, nicht wahr? … Als ich entdeckt habe, wie gut er das konnte, hab ich angefangen, ihn zu imitieren.«

»Und was schreibst du im Moment?«

El Conde zog an seiner Zigarette, bis er merkte, dass er sich die Finger verbrannte. Er sah die Kippe eine Weile an und warf sie dann durchs offene Fenster. »Die Geschichte eines Polizisten, der sich mit einem Schwulen anfreundet.«

Manolo setzte sich wieder an den Tisch. Er grinste.

»Sag jetzt lieber nichts, du verdammter Klugscheißer!«, sagte El Conde.

»Ist ja schon gut, Conde«, lenkte Manolo ein. »Jeder schreibt über das, worüber er schreiben kann, und nicht, worüber er schreiben will.«

»Und, schließt du den Fall jetzt ab?«

»Das weiß ich noch nicht. Es gibt vieles, was wir noch nicht wissen und nie erfahren werden, glaub ich. Oder? Wenn ich den Fall abschließe, dann ist der Fall zwar abgeschlossen, aber er bleibt ein Fall, den es gegeben hat. Und das wird die Scheiße zum Kochen bringen. Egal, wer der Mörder ist, Calixto oder

Hemingway, es wird mächtig Staub aufwirbeln. Obwohl ich ja nach wie vor nicht weiß, wen das überhaupt noch interessiert, vierzig Jahre danach.«

»Denkst du das, was ich auch denke?«

»Ich denke, dass wir weder wissen, wer den Mann umgebracht hat, noch, warum. Anklagen können wir auch niemanden, und niemand hat sich je für die Leiche interessiert ... Wäre es nicht besser, den Sack mit den Knochen einfach zu vergessen?«

»Und dein Chef?«

»Vielleicht kann ich ihn ja überzeugen.«

»Wenn Mayor Rangel noch dein Chef wär, dann ginge das. Der Alte war ein harter Hund, aber er hatte so was wie ein Herz. Ich hätte ihn rumgekriegt.«

»Also, was meinst du?«

»Warte mal 'n Moment.« Mario ging in sein Schlafzimmer und kam mit der Hemingway-Biografie zurück, die er gerade las. »Sieh dir das Foto an«, sagte er und gab Manolo das Buch. Auf dem Foto war Hemingway im Profil zu sehen, vor einem Schleier aus Bäumen. Haare und Bart waren völlig weiß, und das karierte Baumwollhemd sah aus wie von einem anderen, korpulenteren Hemingway geliehen. Er war schmal geworden, seine Schultern waren eingefallen und nicht mehr so breit wie früher. Nachdenklich schaute er auf etwas, das auf dem Foto nicht zu sehen war. Der Betrachter hatte den unbehaglichen Eindruck, hier sei nichts gestellt. Der Schriftsteller sah aus wie ein Greis und erinnerte kaum noch an den Mann von einst, der die Gewalt geliebt und ausgeübt hatte. Der untere Teil des Fotos ließ vermuten, dass es in Ketchum gemacht worden war, vor dem allerletzten Aufenthalt in der Klinik. Eine der letzten Aufnahmen.

»Was er wohl gesehen hat?«, fragte sich Manolo.

»Etwas, das sich auf der anderen Seite des Flusses befand, zwischen den Bäumen«, antwortete El Conde. »Er hat sich selbst gesehen, ohne Publikum, ohne Maske, ohne Glamour. Er hat einen vom Leben besiegten Mann gesehen. Einen Monat später hat er sich erschossen.«

»Ja, er war am Ende.«

»Nein, im Gegenteil!«, widersprach Mario. »Er hatte sich von der Person befreit, die er selbst erfunden hatte. Das hier ist der echte Hemingway, Manolo. Derselbe, der *Großer doppelherziger Strom* geschrieben hat.«

»Soll ich dir sagen, was ich tun werde?«

»Nein, sag's lieber nicht«, wehrte El Conde heftig, fast leidenschaftlich ab, wobei er sogar die Hände zu Hilfe nahm. »Das ist der verborgene Teil des Eisbergs. Den möchte ich mir lieber nur vorstellen.«

Das Meer bildete eine unergründliche, feindselige Fläche, und nur die Wellen, die sich an der Felsenküste brachen, belebten hin und wieder seine schwarze Gleichförmigkeit. Weit draußen markierten schwache Lichter die Positionen zweier Fischerboote, deren Besatzung darauf aus war, etwas Wertvolles, heiß Ersehntes, noch Verborgenes aus dem Ozean zu holen.

Der ewige erschütternde Kampf der Fischer, dachte El Conde.

Mario, der dünne Carlos und der Hasenzahn saßen auf der Kaimauer und reduzierten ihren Rumvorrat. Nachdem sie Josefinas Hühnchen mit Knoblauch, die Pfanne Malanga in Orangensoße, die Schüssel Reis und den Berg Yucca-Pudding mit Honigsirup verschlungen hatten, hatte El Conde darauf bestanden, dass seine Freunde mit ihm nach Cojímar fahren müssten, wenn sie die vollständige Geschichte vom Tod eines FBI-Agenten auf der Finca Vigía hören wollten. Der Hasenzahn musste seinen kleinen Bruder bitten, ihm den 56er Chevrolet Bel Air zu leihen, den chromblitzendsten und verziertesten in ganz Kuba. Das Wunder des aus einem Schrotthaufen wiederauferstandenen Oldtimers, dessen Wert auf mehrere Tausend Dollar geschätzt wurde, verdankte sich dem unermüdlichen Eifer von Hasenzahn dem Jüngeren. An die für Kauf, Reparatur und Verschönerung benötigten Devisen war er in den knapp sechs Monaten gekommen, in denen er als Geschäftsführer einer Dollar-Bäckerei gearbeitet hatte, die eine unerschöpfliche Goldgrube zu sein schien.

Mit vereinten Kräften hatten Mario und Hasenzahn der Ältere den dünnen Carlos aus seinem Rollstuhl gehievt und vorsichtig auf die Kaimauer neben dem spanischen Turm gesetzt, sodass die nutzlosen Beine des Freundes nun über den Felsen baumelten. Die spärlichen Lichter des Dorfes befanden sich in ihrem Rücken, hinter der mit Grünspan bedeckten Büste Hemingways. Die drei genossen die leichte Abendbrise und tranken den Rum direkt aus der Flasche, während El Conde die Geschichte des ermordeten FBI-Agenten erzählte.

»Und wie geht es jetzt weiter?«, fragte der Hasenzahn mit seiner unerbittlichen Logik, die nach Antworten von ebenso unerbittlicher Logik verlangte.

»Ich glaub, es geht überhaupt nicht weiter«, sagte Mario mit den Resten seines Denkvermögens, die im Alkohol zu ersaufen drohten.

»Das ist das Beste an der ganzen Geschichte«, begeisterte sich der dünne Carlos, nachdem er die letzten Tropfen aus der zweiten Flasche gesaugt hatte. »Als wäre nie was passiert. Kein Toter, kein Mörder, nichts. Das gefällt mir.«

»Aber ich sehe Hemingway jetzt irgendwie anders«, sagte Mario, »ich weiß nicht …«

»Gut, dass du ihn jetzt anders siehst, Conde«, erwiderte der Dünne. »Schließlich war der Kerl Schriftsteller, und das ist das, was dich interessiert … Als Schriftsteller, nicht als Polizist oder Buchhändler oder sonst was … Du bist doch Schriftsteller, oder?«

»Da bin ich mir nicht so sicher, Alter. Vergiss nicht, es gibt viele Arten von Schriftstellern …« Er begann aufzuzählen, wobei er alle verfügbaren Finger zu Hilfe nahm. »Die guten und die schlechten Schriftsteller, Schriftsteller mit und ohne Würde, Schriftsteller, die schreiben, und Schriftsteller, die sagen, sie könnten schreiben, die Arschlöcher und die Anständigen …«

»Und wozu zählst du Hemingway?«, erkundigte sich der Dünne.

Mario entkorkte die dritte Literflasche und trank einen kleinen Schluck. »Ich glaube, er war von allem etwas«, sagte er schließlich.

»Mir stinkt an ihm, dass er nur das gesehen hat, was er sehen wollte«, warf der Hasenzahn ein. »Das da zum Beispiel«, er drehte sich um und zeigte auf die Lichter, »er hat gesagt, das wär 'n Fischerdorf. Ja, Scheiße! Keiner in Kuba behauptet, dass das da ein Fischerdorf ist. Und deswegen ist Santiago auch ganz bestimmt kein Fischer aus Cojímar.«

»Da hast du recht«, stimmte Carlos ihm zu. »Der Typ hat einen Scheißdreck kapiert. Oder er wollte nichts kapieren, wer weiß das schon ... Sag mal, Conde, weißt du eigentlich, ob er sich mal in 'ne Kubanerin verliebt hat?«

»Keine Ahnung.«

»Und der wollte über Kuba schreiben?« Der Hasenzahn wurde richtig wütend. »Der alte Schwätzer!«

»Die Literatur ist eine einzige große Lüge«, sinnierte El Conde.

»Der redet nur noch Scheiße«, mischte sich der dünne Carlos ein und legte seinem Freund die Hand auf die Schulter.

»Also, damit ihr's wisst, ich werde um die Aufnahme in den Klub der Hemingwayaner Kubas bitten«, verkündete Mario.

»Was soll das denn sein?«, fragte der Hasenzahn.

»Eine von zweitausend garantierten Möglichkeiten, seine Zeit mit irgendeinem Scheiß totzuschlagen. Aber ich finde das toll. Kein Vorsitzender, keine Statuten, keiner, der dir irgendwas vorschreibt. Und man kann kommen und gehen, wann man will.«

»Dann finde ich das auch toll«, überlegte der Hasenzahn. »Ich glaub, ich meld mich auch bei denen an. Es lebe der Klub der Hemingwayaner Kubas!«

»Hör mal, Conde«, sagte Carlos, »bei der ganzen Geschichte hast du eine Sache völlig unter den Tisch fallen lassen …«

»Was denn, Bär?«

»Den Slip von Ava Gardner.«

El Conde sah den Dünnen missbilligend an. »Ich dachte, du kennst mich besser.«

Mit einem triumphierenden Lächeln hob er den Hintern von der Mauer und fasste in die Hosentasche. Theatralisch wie ein billiger Zauberer zog er das spitzenbesetzte schwarze Stückchen Stoff hervor, jenes, das vor langer Zeit die intimsten Stellen einer der schönsten Frauen der Welt liebkost hatte.

So als wolle er das Spitzenhöschen auf eine Leine hängen, faltete er es auseinander, damit seine Freunde Größe, Form und Transparenz begutachten und sich in ihren fiebernden Hirnen das Fleisch vorstellen konnten, das dieses Stück Unterwäsche einst ausgefüllt hatte.

»Du hast das mitgehen lassen!« Die Bewunderung des Dünnen kannte keine Grenzen, genauso wenig wie seine erotischen Fantasien. Er streckte die Hand nach dem Slip aus, um die Wärme des Stoffes zu spüren und sich das schwarze Objekt der Begierde aus der Nähe anzusehen.

»Du bist wirklich zu heiß, Conde«, sagte der Hasenzahn grinsend.

»Irgendetwas musste bei der Geschichte ja auch für mich abfallen, oder? Gib her, Dünner.« Carlos gab ihm das Spitzenhöschen zurück. Mario dehnte den Stoff und stülpte ihn sich wie eine Mütze über den Kopf. »Das ist der schönste Lorbeerkranz, den ein Schriftsteller jemals bekommen hat. Meine Jakobinermütze!«

»Wenn du mit dem Scheiß durch bist, kannst du mir das Teil ja auch mal rüberreichen«, sagte der Hasenzahn, doch Mario schien nicht die Absicht zu haben, mit dem Scheiß aufzuhören und sich von seiner Kopfbedeckung zu trennen.

»Gib mal die Flasche«, sagte er.

»Du bist ja völlig besoffen«, stellte der Hasenzahn fest.

Ein Fischerboot näherte sich der Küste.

»Ob die was gefangen haben?«, fragte sich der Dünne.

»Bestimmt«, sagte Mario. »Die sind doch keine Versager wie wir …«

Schweigend verfolgten sie das Manöver des Bootes. Der Motor hustete und spuckte abwechselnd, so als würde er jeden Moment an seiner eigenen Kotze ersticken. Gemächlich schipperte das Boot vor ihren Augen vorbei auf die Anlegestelle zu.

»Ich weiß gar nicht mehr, wann ich das letzte Mal in Cojímar war«, sagte Carlos nachdenklich.

»Das ist und bleibt ein seltsamer Ort«, bemerkte Mario. »Als wär die Zeit hier stehen geblieben.«

»Die Scheiße ist nur, dass die Zeit nicht stehen bleibt, Conde. Sie geht immer weiter«, erwiderte der Hasenzahn mit seiner unschlagbaren Einsicht in die historische Dialektik der Welt. »Als wir das letzte Mal alle zusammen hier waren, war Andrés noch mit dabei, wisst ihr noch?«

»Gib endlich den Rum rüber«, bat Mario, »ich trinke auf unseren Freund Andrés.« Er nahm einen gigantischen Schluck aus der Flasche.

»Sieben Jahre ist das jetzt her, dass er in den Norden gegangen ist.« Der Dünne nahm die Flasche, die Mario ihm reichte.

»Sieben Jahre sind verdammt viele Jahre! Ich weiß nicht, warum er nicht mal kommen will.«

»Ich schon«, widersprach der Hasenzahn. »Um auf der anderen Seite leben zu können«, er zeigte aufs Meer, »muss man das Leben vergessen, das man auf dieser Seite geführt hat.«

»Meinst du?«, fragte Carlos. »Aber wie will er ohne das leben, was er hier erlebt hat? Nein, Hase, nein ... Schau mal, eben hab ich mir vorgestellt, dass Andrés vielleicht auf der anderen Seite sitzt und aufs Meer blickt, genauso wie wir, und dass er an uns denkt. Dafür sind Freunde doch da, dass man sich an sie erinnert, oder?«

»Das wär schön«, sagte Mario. »Die Scheiße ist nur, dass das wirklich genauso sein könnte ...«

»Ich muss jeden Tag an den Blödmann denken«, sagte Carlos.

»Ich nur, wenn ich besoffen bin, wie jetzt«, erwiderte der Hasenzahn. »So hält man's noch am besten aus, besoffen oder schlafend ...«

Mario beugte sich vor und suchte eine der beiden Flaschen, die sie bereits geleert hatten. »Da liegt sie ja«, sagte er zum Dünnen, »gib sie mal rüber.«

»Was willst du damit?« Carlos fürchtete sich vor den alkoholisierten Einfällen seines Freundes.

Mario sah aufs Meer. »Ich glaub auch, dass Andrés auf der anderen Seite sitzt und zu uns rüberguckt. Werd ihm einen Brief schreiben. Gib endlich die Scheißflasche rüber!«

Die Flasche zwischen den Beinen, Zigarette im Mund, suchte Mario in seinen Taschen nach Papier und Kugelschreiber. Das

Einzige, was sich fand, war ein Bleistift und die Schachtel, in der noch ein paar Zigaretten tanzten. Er steckte die Zigaretten lose in die Tasche und riss mit zitternden Händen die Schachtel vorsichtig auseinander, bis er ein rechteckiges Stück Papier hatte. Auf die Mauer gestützt, begann er im Dämmerlicht zu schreiben und las das, was er schrieb, laut vor: »Für Andrés, irgendwo im Norden. Du alter Blödmann, wir sitzen hier und denken an Dich. Wir haben Dich immer noch gern, und ich glaube, wir werden Dich immer gern haben.« Er hielt einen Moment inne, den Bleistift auf den Papierfetzen gedrückt. »Der Hasenzahn sagt, die Zeit bleibt nicht stehen, sie geht immer weiter. Ich glaube, das ist eine Lüge. Wenn das aber stimmt, dann wirst Du da drüben uns hoffentlich trotzdem auch noch gern haben. Es gibt Dinge, die dürfen nicht verloren gehen. Denn wenn sie verloren gehen, dann sind wir wirklich endgültig im Arsch. Wir haben fast alles verloren, aber das, was wir lieben, muss gerettet werden. Hier ist es Nacht, und wir sind granatenvoll. Wir trinken nämlich Rum in Cojímar: der Dünne, der nicht mehr dünn ist, der Hasenzahn, der kein Historiker mehr ist, und ich, der kein Polizist mehr ist. Und Du, was bist Du nicht mehr? Und was bist Du? Einen herzlichen Gruß für Dich, und für Hemingway auch einen. Sag ihm das, wenn Du ihn da drüben mal zufällig triffst. Wir sind jetzt nämlich Mitglieder im Klub der Hemingwayaner Kubas. Wenn Du diesen Brief erhältst, schick die Flasche wieder zurück, aber voll.«

Mario Conde unterschrieb und reichte das Papier an Carlos und der an den Hasenzahn weiter. Auch sie setzten ihren Namen darunter. Sorgfältig faltete Mario das Papier, rollte es zusammen und schob es in die Rumflasche. Dann nahm er Ava Gardners Spitzenhöschen vom Kopf und stopfte es ebenfalls in den Flaschenhals.

»Jetzt dreht er völlig durch«, stellte der Hasenzahn fest.

»Dazu sind Freunde doch da, oder?«, verteidigte sich Mario. Der schwarze Stoff rutschte in den Bauch der Flasche.

»Der Meinung bin ich auch«, kam der dünne Carlos ihm zu Hilfe.

»Das kommt bestimmt an seinem Geburtstag an«, faselte der Hasenzahn, nachdem er einen mächtigen Schluck getrunken hatte.

El Conde verkorkte die Flasche und schlug mit der flachen Hand auf den Korken, um die Post zu versiegeln. »Die kommt an«, versicherte er. »Ich bin mir ganz sicher, dass die Botschaft ihr Ziel erreicht.« Und er griff nach der anderen, noch halb vollen Flasche, um im Rum Vergessen zu finden.

Mit einem kräftigen Rülpser stellte er die Literflasche zur Seite, nahm die Flaschenpost und versuchte sich auf die Mauer zu stellen, was ihm schließlich auch gelang. Er schaute auf das unendliche Meer, das imstande war, die Distanz zwischen den Menschen und ihren schönsten Erinnerungen zu überbrücken, und betrachtete die feindselige Felsenküste, an der alles Leid und sämtliche Illusionen eines Menschen zerschellen konnten. Mario trank noch einen Schluck – zur Erinnerung an das Vergessen – und schrie aus voller Lunge: »Adiós, Chemingguey!«

Dann holte er weit aus und warf die Flasche ins Wasser. Angefüllt mit den nostalgischen Wünschen der drei Schiffbrüchigen auf dem Festland, schwamm die Flasche, funkelnd wie ein unverwüstlicher Diamant, eine Weile in Küstennähe auf der Wasseroberfläche, bis eine Welle sie überspülte und sie forttrug in dunkle Gewässer, wo man nur mit den Augen der Erinnerung und der Sehnsucht etwas sehen kann.

Leonardo Padura, geboren 1955 in Havanna, schrieb nach seinem Lateinamerikanistik-Studium zunächst für verschiedene kubanische Zeitschriften. Bald gehörten seine Reportagen zu den meistgelesenen in Kuba. Zu seinen Buchveröffentlichungen zählen Romane, Erzählbände, literaturwissenschaftliche Studien sowie Reportagen und Interviews. International bekannt wurde er mit seinem Kriminalromanzyklus *Das Havanna-Quartett.* Für sein Werk erhielt er unter anderem den *Premio Café de Gijón* sowie zweimal den spanischen *Premio Hammett.* Leonardo Padura lebt in Havanna.

| Lizenzausgabe für die Büchergilde Gutenberg, Frankfurt am Main, Wien und Zürich, mit freundlicher Genehmigung des Unionsverlags, Zürich | Die Originalausgabe erschien 2006 unter dem Titel *Adiós Hemingway* bei Tusquets Editores, Barcelona | Das Motto auf Seite 7 folgt der Ausgabe: Ernest Hemingway, *Gesammelte Werke, Stories I,* Rowohlt Verlag, Reinbek 1977, Deutsch von Annemarie Horschitz-Horst | Reihengestaltung: ANJA HARMS ateliers, Oberursel | Herstellung: Anke Rosenlöcher, Frankfurt am Main | Gesetzt in der Baskerville durch Dörlemann Satz, Lemförde | Druck und Bindung: Clausen & Bosse, Leck | Printed in Germany 2007 | ISBN 978-3-7632-5788-1 | www.buechergilde.de